Kathrin Aehnlich

Wie Frau Krause die DDR erfand

Roman

Verlag Antje Kunstmann

Für meine Freunde, die mich immer wieder mit ihren Geschichten inspirieren.
Besonders danke ich Hilde Schubert (1925–2018) und Arnd Dieter »Titsch« Kupke

1

Immer, wenn sie unglücklich war, suchte sie Erlösung in der Lotterie. Sie glaubte an eine höhere Gerechtigkeit, an einen Lottogott, der ein Einsehen haben und sie von allem Übel befreien würde. Meist überfiel sie dieses Gefühl zu später Stunde, wenn alle Annahmestellen geschlossen hatten. Sie war gefangen in ihrer Erkenntnis, dass es unbedingt in diesem Moment sein müsse. Sie glaubte, ihre Inspiration könne ihr verloren gehen, wenn sie bis zum nächsten Morgen warten würde. Es musste jetzt sein und nur JETZT. Für diese dringenden Fälle gab es einen virtuellen Lottogott.

Sie konnte den Grad ihrer Verzweiflung an der Höhe der Abbuchungen auf ihrem Konto ablesen. Die ersehnten Gutschriften dagegen waren bisher geringfügig gewesen. Aber auch 7,50 Euro waren ein Zeichen. Die Mitteilungen kamen immer per E-Mail. Absichtlich vermied sie es, die Lottozahlen nach der Ziehung zu überprüfen. Sie suhlte sich in der Gewissheit, gewonnen zu haben. Je länger sie dieses Gefühl auskosten konnte, umso besser. Noch im Schlafanzug lief sie am Montagmorgen zum Rechner und öffnete ihr Postfach. Und tatsächlich hatte ihr die Lottozentrale eine Mail geschickt.

»Liebe Frau Krause, Sie haben gewonnen!« Sie starrte auf den Bildschirm, über den ein kleiner Mann mit Aktenkoffer lief: Ihr persönlicher Geldbote. Isabella Krause war einen Doppelklick von ihrem neuen Leben entfernt. Sie zögerte. Noch befand sie sich in einem Schwebezustand. Im Jackpot war die unglaubliche Summe von 14 Millionen gewesen. Sie versuchte, sich die Zahl auf ihrem Kontoauszug vorzustellen. Was würde sie zuerst tun? Sich eine neue Wohnung suchen? Vielleicht ein Haus am Stadtrand kaufen? Aber waren das nicht zu profane Wünsche? Für 14 Millionen könnte sie sich ein Apartment in New York leisten, eine Jacht in der Südsee, einen Weinberg in Frankreich. Oder was noch viel besser wäre, ein eigenes Theater. Selbstverständlich würde sie dann in allen Stücken die Hauptrolle spielen, und das Publikum musste endlich begreifen, dass sie eine große Künstlerin war. Aber vielleicht würde sie einfach nur die offene Rechnung im Pflegeheim der Mutter bezahlen.

Der Novemberwind drückte gegen die Scheiben, und bei jeder Böe peitschten die Regentropfen über das Glas. Die Birke auf der gegenüberliegenden Straßenseite wedelte ungelenk mit ihren dünnen Zweigen. Winkte sie ihr zu, oder war es bereits eine Geste der Kapitulation?

Sie sah an sich hinunter, auf ihre nackten Füße, auf die Lackreste an den Zehennägeln. Rote Inseln, die vom Sommer geblieben waren. Jetzt war es Herbst. Der erste Frost hatte über Nacht aus den runden Köpfen der Ahornbäume Reisigbesen gemacht. Gestern noch hatten sie geleuchtet, kleine Sonnen, die ihr den Weg zum Bahnhof wiesen, zu dem Bahnhof, von dem aus es eine direkte Verbindung zum Flughafen gab. Für 14 Millionen könnte Isabella alle Blätter wieder ankleben lassen. Sie sah das nasse Laub auf dem Gehweg liegen und zog fröstelnd die Schultern nach oben. Da stand sie, in einem viel zu großen Schlafanzug, neben ihrem Schreibtisch und fror. Der Schlafanzug war das Überbleibsel einer kurzen Liebe, eine Trophäe aus Flanell, Größe 52, blau-weiß gestreift. Sollte sie darin Millionärin werden?

Das Lottospielen war ihr quasi in die Wiege gelegt worden, denn sie war auf dem Fußboden einer Lotto-Annahmestelle zur Welt gekommen. Es war eine Geschichte, die an keinem Familienfest unerzählt blieb. Damals am 7. Oktober, am Feiertag zu Ehren der Republik, als sie alle im Haus der Großmutter beim Kaffetrinken saßen und die Mutter plötzlich Bauchschmerzen bekam. Jedes Detail wurde erinnert: Die Quarktorte, die etwas zu braun geraten war, der Mohnkuchen, den der Vater verweigert hatte, weil »Mohn dumm macht«. Ein Argument, das die Großmutter mit einem ihr eigenen Blick quittiert hatte: »Was sollte bei so einem Hallodri noch zu verderben sein?« Die Mutter dagegen hatte drei Stück gegessen. Und bis heute herrschte in der Familie Unsicherheit darüber, ob dem Mohn eine geburtsfördernde Wirkung zuzuschreiben sei. Vielleicht war es aber auch die »gute Butter« in der Quarktorte gewesen, oder, was am wahrscheinlichsten schien, die Großmutter hatte die Kannen vertauscht und der Mutter statt »Muckefuck« Bohnenkaffee eingeschenkt. Verbürgt ist, dass die Sammeltasse in der Hand der Mutter plötzlich zu zittern begann, ausgerechnet die kobaltblaue mit dem breiten Goldrand, und die Großmutter vorsorglich um den Tisch herumeilte, um ihre Lieblingstasse zu retten. Dann beruhigte sie ihre Tochter, die über plötzliche Bauchschmerzen klagte, was bei der Kuchenmenge schon mal vorkommen konnte. Die Mutter wurde auf das Sofa gebettet, mit Kamillentee und einer Wärmflasche versorgt, und es dauerte einige Zeit, bis die Großmutter zu ahnen begann, dass die Bauchschmerzen nicht eine Folge des übermäßigen Kuchengenusses, sondern die zwei Monate zu früh einsetzenden Wehen waren. Mit einer Frühgeburt hatte niemand gerechnet. Und vor allem nicht am 20. Republikgeburtstag, mitten auf dem Land, weit ab vom städtischen Krankenhaus. Unter den Familienmitgliedern war Panik ausgebrochen.

Noch immer rannte der kleine Geldbote über den Bildschirm und versprach einen Gewinn. Isabella Krause rückte den Pfeil auf »Weiter« und stellte sich vor, wie sich im nächsten Moment ein Schwall Geldscheine über sie ergießen würde. Einmal Goldmarie sein und das Pech vergessen, das an ihrem Leben klebte. Entschlossen drückte sie die Maustaste.

Sehr geehrte Frau Krause: Sie haben 83,70 Euro gewonnen. Sie spürte eher Erleichterung als Enttäuschung. Immerhin hatte sie vier Zahlen richtig getippt, ein deutliches Zeichen. Die ersten beiden Zahlen, die 7 und die 10, waren Isabellas Geburtsdatum. Diese Variante war nicht besonders einfallsreich, aber wie viele andere Lottospieler hing auch Isabella an den Zahlen, die ihr zu Beginn ihres Lebens zugeordnet worden waren. Früher war Isabellas Geburtstag immer ein Feiertag gewesen: Der »Tag der Republik«. Für die Kinder heute ein Tag wie jeder andere. Die Erinnerung an das Land, in dem Isabella aufgewachsen war, würde sich, biologisch bedingt, abschwächen und die DDR bald nur noch eine Fußnote in der deutschen Geschichte sein.

Die dritte richtige Zahl war die 49, Isabellas Alter, das sie gern verschwieg. Was würde sie tun, wenn sie im nächsten Jahr fünfzig würde? Umsteigen auf das italienische Enna-Lotto, bei dem die Zahlenreihen bis 90 gingen? Oder sollte sie 49 Jahre alt bleiben, zumindest auf dem Lottoschein? Eine Lüge, die ihr nicht schwerfallen würde. Zudem fand sie, dass fünfzig keine schöne Zahl war. Es gab sympathische und unsympathische Zahlen. Nie hätte sie die 20 getippt, ein Schwan mit Buckel, nie die 17 oder die 31 und erst recht nicht die 8, eine geschnürte Null.

Die 19 hatte Isabella aus Gewohnheit angekreuzt. Die 19 hatte in ihrem jetzigen Leben keine Bedeutung mehr, trotzdem mochte sie die Zahl noch immer. Damals dachte jedes Kind im Land bei der 19 nur an eines: »Kurzkrimi«. Die Lottosendung am Sonntag kam gleich nach dem »Sandmännchen« und zog sich bis zur aktuellen Kamera. Eine halbe Stunde, die gefüllt werden musste. Jeder Zahl war ein Genre zugeordnet. Und wurde sie gezogen, folgte ein kurzer Film zum Thema. Die 19 »Kurzkrimi« lag in der Beliebtheitsskala gleich hinter der 14 »Humor« und der 24 »Schlager«. Niemals hätte Isabella die 4 »Blasmusik« oder die 34 »Volksmusik« getippt.

Die Tele-Lotto-Ziehung war für die meisten Fernsehzuschauer im Land heilig. Auch für Großmutter Isa. Aufgeregt rannte sie vor Sendungsbeginn durch die Wohnung und suchte die nötigen Utensilien zusammen: Brille, Lottoschein, Zettel, Bleistift, um pünktlich um sieben in ihrem Sessel zu sitzen, die Füße auf den Hocker gelegt. Sie saß aufrecht und blickte gebannt auf den Fernseher wie auf einen Horizont, an dem sie das Auftauchen eines unbekannten Kontinents erwartete.

Mit einem Lächeln quittierte sie die Anfangsmusik und blickte skeptisch auf den jeweiligen prominenten Gast: »Der hat uns gerade noch gefehlt!«

Die alleinige Aufmerksamkeit der Großmutter war auf den Notar gerichtet. Zu Beginn jeder Sendung überprüfte er alle Vorrichtungen und gab mit dem Satz »Ich habe mich von dem ordnungsgemäßen Zustand des Ziehungsgerätes überzeugt« die Lottoziehung frei.

»Abwarten!«, sagte die Großmutter.

Das Ziehungsgerät war einzigartig. Ein sich drehender kegelförmiger Berg, aus dessen Spitze auf Knopfdruck, wie bei der Eruption, eine Eisenkugel erschien, die auf einer vorgeformten Bahn um den Kegel herum nach unten rollte. Am Fuß drehten sich 35 Zahlenkegel von denen fünf abgeschossen werden mussten. Und auch wenn sich der Notar, meist war es Herr Rohr, zuvor von dem ordnungsgemäßen Zustand des Ziehungsgerätes überzeugt hatte, galt das vornehmlich im juristischen und weniger im technischen Sinn. Warum sollte in diesem Land, in dem viele Dinge kaputt gingen, ausgerechnet ein Lottoziehungsgerät funktionieren? Oft erschien auf Knopfdruck keine Kugel. »Zu blöd zum Drücken!«, sagte die Großmutter. Auch kam es vor, dass die Kugel von ihrer Bahn abkam und der Schuss als ungültig gewertet wurde. Die größte Freude für die Großmutter aber war, wenn die Eisenkugel eine bereits vorher geschossene Lücke traf. Dann rief sie synchron mit dem Moderator: »Das war ein Durchläufer, Herr Rohr!«, und klatschte dabei vor Vergnügen in die Hände. Meist fielen ihr dabei der Tippschein und der Zettel mit den sorgsam notierten Zahlen vom Schoß, und Isabella hatte das Gefühl, dass der Großmutter ein Durchläufer mehr wert war als ein Lottogewinn.

»Das war ein Durchläufer, Herr Rohr!« Dieser Satz vereinte fast zwanzig Jahre lang die Lottogemeinde in der DDR. Hätte Isabella das untergegangene Land auf einen Satz festlegen müssen, so hätte sie diesen gewählt. Auch die DDR war nach vierzig Jahren ein »Durchläufer« gewesen.

Das gemeinsame Geburtsdatum hatte Isabella ungewollt mit dem Land verbunden. Für viele Lehrer war es kein Zufall, sondern eine Haltung gewesen. Und nun hatte Isabella mit ihrem ungeliebten Geburtsdatum 83,70 Euro gewonnen. Sie prüfte noch einmal alle gezogenen Zahlen. 3, 7, 10, 19, 40, 49. Auch einem virtuellen Geldboten konnte ein Fehler unterlaufen. Und plötzlich sah sie das Datum: der 7.10.1949. Die 40 stand für 40 Jahre und die 3? Das waren die drei Buchstaben: DDR. Die Superzahl war die 0, die, ganz logisch, für das Verschwinden stand.

Es gab keinen Zweifel: Die DDR hatte 14 Millionen Euro im Lotto gewonnen. Zu spät, dachte Isabella.

Letztendlich war es auch egal. Isabella musste sich ihrem gegenwärtigen Leben zuwenden und sich in Anbetracht des verpassten Gewinns bemühen, auf andere Weise Geld zu verdienen.

Die zweite Mail kam von ihrer Agentur. Es war die Anfrage einer Fernsehfirma: »Global-Movie-Production«. Isabella hatte an diesem Morgen keine Kraft mehr, sich vorzustellen, das Angebot käme aus Hollywood. Ihre Agentin hatte ihr das Visionieren empfohlen. Nur wer von sich überzeugt war, würde Erfolg haben. Sie solle sich alles mit Nachdruck vorstellen, dann würde es geschehen. »Eines Tages wirst du in Cannes über den roten Teppich laufen, und alle werden dir zujubeln!«

In ihrem Leben ohne roten Teppich spielte Isabella Krause Nebenrollen in Fernsehserien. Ihre Textbücher hatten meist nur einen einzigen Satz, wenn überhaupt. Im vorigen Monat war sie eine Krankenschwester gewesen, die einem Patienten den Schweiß von der Stirn tupfen musste. Nicht einmal ein »Na, wie geht es uns denn heute?« hatte man ihr gestattet.

Sie wurde häufig als Krankenschwester besetzt, ebenso als Prostituierte. Sie wollte den Gedanken an die Fantasie der Regisseure nicht vertiefen. Wahrscheinlich war es Isabellas Körpergröße von 1,50 Meter, die ihr ausschließlich dienende Rollen einbrachten. Sie fand es diskriminierend. War es nicht von Vorteil, als Schauspielerin klein zu sein? Um ihr in die Augen zu sehen, hätte sich Humphrey Bogart nicht auf eine Kiste stellen müssen.

Früher war sie nur zu klein gewesen. Heute war sie zu klein und zu alt. Ernüchtert öffnete Isabella die Mail.

Es war die Einladung zu einem Casting-Termin für eine Fernsehwerbung. »Sie müsse sich neues Terrain erobern«, hatte ihr die Agentin geraten. Am liebsten hätte Isabella für Champagner geworben, im roten Seidenkleid, mit goldglänzendem

Make-up. Schon sah sie die Plakate in den Schaukästen leuchten. Es gibt immer einen Grund zum Feiern!

»Hoch die Tassen!«, hätte die Großmutter gesagt. Auf Plakaten war es egal, wie groß oder wie klein man war. Aber das Angebot bezog sich auf die Werbung für Naturjoghurt. Antibakteriell und superschmackhaft! Isabella hasste Joghurt. Unter der Adresse und der Anfahrtsskizze stand das zu erwartende Honorar: 6000 Euro. Dafür hätte sich Isabella auch ein Kondom über den Kopf gezogen.

Heute war ihr Glückstag. Sie hatte 83,70 Euro im Lotto gewonnen und in der nächsten Woche einen Casting-Termin in Berlin. Der einzige Makel war das Datum für die Bewerbung, der 11.11., ein hässliches Zahlenbild. Isabella war unschlüssig, ob ihr vier Spazierstöcke hintereinander Glück bringen könnten.

2

Über Berlin hatte früher immer ein Glanz gelegen. Es gab Häuser mit frisch gestrichenen Fassaden, Schaufenster, in denen Dinge lagen, nach denen sich Isabella Monate lang verzehrt hatte: Gewürzgurken, Jeans, Ketchup, Linsen, Acrylpullover. Sie liebte die Ausflugsdampfer auf den Flüssen, die breiten, dicht befahrenen Straßen, die Plätze, den einzigartigen Fernsehturm. Im Berlin ihrer Jugend war alles höher, weiter und schöner gewesen.

An diesem Novembertag wirkte die Stadt grau, verharrt in ihrer DDR-Schönheit, die niemand mehr bewundern wollte, auch Isabella nicht.

Im Schaufenster einer Bäckerei türmte sich eine Pyramide aus Pfannkuchen. Warum hießen sie eigentlich in anderen Städten Berliner, nur nicht in Berlin? Die Verkäuferin hinter der Ladentafel guckte missmutig zu Isabella hinaus auf die Straße. Isabella unterdrückte den Wunsch nach einem Kaffee. Sie hatte noch eine halbe Stunde Zeit. Sie wollte nicht zu früh kommen, um nicht den Eindruck zu erwecken, sie wäre auf das Honorar angewiesen. Nur wer gut im Geschäft stand, bekam den Zuschlag für weitere Rollen.

Isabella lief in Richtung Alexanderplatz. Eine Touristengruppe marschierte hinter einer Stadtführerin über den Platz.

An den zahlreichen Verkaufsständen wurden Souvenirs angeboten. Das Land war reduziert auf Rotarmistenmützen, Nationalmannschaft-Trikots und Ampelmännchen. Der Osten war über die Jahrzehnte hinweg in Mode gekommen. Aber jetzt im November wirkte der Platz noch trostloser, als er es ohnehin schon war. Das Wasser aus dem Brunnen der Völkerfreundschaft war abgelassen, niemand saß auf dem Rand. Auch das Rondell unter der Weltzeituhr war leer. Früher hatte Isabella sich hier mit ihren Freunden getroffen und sich die Wartezeit mit dem Lesen der Städtenamen verkürzt: Sydney, Casablanca, Kinshasa. Städte, die von Ostberlin aus gesehen jenseits jeder Zeitzone lagen. Doch sie waren Isabella durch das bloße Betrachten der Uhrzeit näher gerückt, und sie hatte sich vorgestellt, sie würde in London auf einen Freund warten oder in New York, je nachdem unter welchem Städtenamen sie gerade stand. Die Uhr hatte ihr das Gefühl gegeben, dieser Platz wäre der Mittelpunkt der Welt. Heute schämte sie sich für ihre Naivität, denn war es nicht ein unglaublicher Zynismus gewesen, mitten hinein in das eingemauerte Land eine Weltzeituhr zu bauen?

Wie immer wehte auf dem Platz ein scharfer Wind. »Hier zieht's wie Hechtsuppe!«, hätte die Großmutter gesagt. Durch den Abriss der historischen Bebauung waren Windkanäle entstanden, die sich durch die Neubauten noch verstärkt hatten. Alles sollte anders werden. Alles musste anders werden. Während ihrer Schulzeit war Isabella mit ihrer Klasse nach Berlin gefahren, um auf dem Alexanderplatz DAS Wunderwerk sozialistischer Baukunst zu bestaunen: den Fernsehturm. Er war das höchste Gebäude im ganzen Land. Und ausnahmsweise wurde zu diesem Vergleich das gesamte Deutschland herangezogen, denn der Fernsehturm überragte mit seinen 365 Metern auch alle Gebäude des Klassenfeindes. 365 Meter, nie würde Isabella die Zahl vergessen, für jeden Tag des Jahres einen Meter. So hatte es Walter Ulbricht vor dem Bau angeordnet, damit es sich alle Kinder im Land merken konnten.

Jetzt war nichts mehr zu spüren von den ehemaligen Visionen. Der Platz wirkte wie ein zu oft gewaschenes Kleidungsstück, dem auch mit neuen Knöpfen kein neuer Glanz zu geben war. Sie konnte sich nicht erklären, weshalb sie ihn einmal schön gefunden hatte.

Vielleicht war es die Vorfreude gewesen. Die Vorfreude auf die Abende, denn für Isabellas Berlin-Reisen gab es damals nur einen Grund: das Theater. Sie kannte die Spielpläne vom Deutschen Theater, der Volksbühne und dem Maxim Gorki Theater auswendig. Ob Barlachs »Der Blaue Boll«, Horváths »Glaube, Liebe, Hoffnung« oder Heiner Müllers »Hamlet«, das Theater war für Isabella der wahre Glanz von Berlin. Es war eine Welt, nach der sie süchtig war.

Das Theater war eine Mitgift der anderen Großmutter gewesen. Magda Kaiser, die Staatsschauspielerin, die bei Todesstrafe nicht Großmutter genannt werden wollte und erst recht nicht Oma. »Welch Verhöhnung einer Dame!«

Isabella lief durch Berlin und versuchte, an Naturjoghurt zu denken. Sie musste sich in eine gesundheitsbewusste Mutter verwandeln. »Für meine Familie nur das Beste!« Sie stellte sich einen gedeckten Frühstückstisch vor, an dem ein zeitungslesender Mann und drei ordentlich gekämmte Halbwüchsige saßen, denen sie lächelnd die Schälchen mit dem Joghurt reichte. Sie prüfte ihr liebevolles Muttergesicht in einem Schaufenster. Obwohl sie mit ihren fast fünfzig Jahren jünger wirkte und ihre Agentur bei dem Geburtsdatum geschummelt hatte, würde sich Isabella nicht mehr lange im Mutter-Fach halten können. »Großmütter sind das Ende der Karriere« lautete einer von Frau Magdas Grundsätzen.

Die Studioadresse lag nicht weit vom Alexanderplatz entfernt. Es war ein Haus mit großer Toreinfahrt. Ein Treppenaufgang links, ein Treppenaufgang rechts. Durch die geöffnete Hoftür sah Isabella das Hinterhaus. Früher hatten ihr diese gepflasterten Innenhöfe gefallen. Jetzt erschien ihr alles zu eng. Jeder konnte jeden vom Balkon aus beobachten. Es war eine Nähe, die Isabella erdrückt hätte.

Neben den Briefkästen hing ein mit Klebestreifen befestigtes Schild:

»Global-Movie-Production«. Der Pfeil zeigte zurück auf die Straße. Sie hatte es übersehen. »Molkerei Max Barthold« stand über dem Schaufenster. Zwischen der Scheibe und der wahrscheinlich vor Jahren heruntergelassenen Jalousie lagen tote Fliegen.

Isabella stieg die drei Stufen zur Ladentür nach oben. Vorsichtig drückte sie die Türklinke und zuckte unter der lauten Ladenglocke zusammen.

Von irgendwo rief eine Stimme: »Hi!«

Und Isabella antwortete: »Hi!«

»Stell dich schon mal hin!«, rief die Stimme. »Wo ist denn schon wieder der Assistent?«

Hinter der Ladentafel tauchte eine Frau auf. »Ich habe gesagt, du sollst dich schon mal hinstellen!«

Verängstigt stellte sich Isabella an die Wand gegenüber der Kamera.

»Mehr nach rechts! Muss man euch denn alles sagen?«

Isabella lehnte mit dem Rücken an der Wand. Der Assistent kam. Er sah aus wie die meisten Kameraassistenten: Lederhosen, kurzgeschorene Haare, Ohrring. Um das rechte Handgelenk hatte er ein Tuch gebunden.

Er guckte in den Sucher, dann auf den Monitor und stöhnte leise auf, dann stellte er das Stativ tiefer.

»Reg mich nicht auf!«, schrie die Aufnahmeleiterin. »Reg mich nicht auf!«

Und zu Isabella gewandt: »Fang schon mal an: Name, Vorname, Profil, Profil, Hände, Hände!«

»Läuft!«, sagte der Assistent.

»Hast du nicht verstanden? Name, Vorname, Profil, Profil, Hände, Hände!«

Isabella war geneigt zu sagen: »Krause, Isabella, Profil, Profil, Hände, Hände.« Aber was ergab das für einen Sinn? In solchen Momenten war es klüger zu schweigen.

»Wohl zum ersten Mal beim Casting?« Die Aufnahmeleiterin drehte demonstrativ ihren Kopf nach links »Profil«, dann nach rechts »Profil« und wendete die Hände vor der Kamera. »Ist das so schwer?«

Isabella sagte brav ihren Namen, sah nach rechts auf die

Wand, an der ein Werbeplakat hing: »Leben wie im Mittelalter«, dann auf die linke Wand: »Wild-Ost – So war die DDR wirklich«, und hielt ihre Hände der Kamera entgegen. Vielleicht hätte sie vorher zur Maniküre gehen sollen?

»Was soll denn das?«, fragte der Kameramann, der unbemerkt den Raum betreten hatte. »Sind wir hier in der Sesamstraße?«

Erst jetzt sah Isabella den Einkaufswagen mit den aufgetürmten Joghurtbechern.

Früher waren die Einkaufswagen niedriger gewesen. Früher! Jetzt waren sie so hoch, dass Isabella wie eine Zwergenmutter hinter dem Wagen stand und über die Becher spähte.

»Auch ich habe mich in meinem Leben entschieden! Und für meine Familie entscheide ich gleich mit!«

»Mal was anderes«, sagte der Assistent. »Und jetzt den Wagen auf die Kamera zuschieben!«

»Stopp!« rief der Kameramann. »Akku leer!«

»Noch mal!«

Wieder und wieder schob Isabella den Wagen auf die Kamera zu. Es gab kein Entrinnen. Sie war gefangen in einem Ostberliner Molkereigeschäft. Gekettet an einen Einkaufswagen mit Joghurtbecherattrappen.

Früher war Joghurt etwas Besonderes gewesen: Erdbeergeschmack, Pfirsichgeschmack, Pflaumengeschmack. Himbeergeschmack war immer zuerst vergriffen. Doch es gab noch eine Steigerung: Trinkjoghurt aus der Dreiecktüte. Eine weißliche Flüssigkeit, die in ihrer Konsistenz an geleimte Wandfarbe erinnerte. Als es die ersten Joghurttüten im volkseigenen Handel gab, hatten die Menschen angestanden. Und obwohl Isabella

Joghurt nicht mochte, hatte sie gleich vor dem Laden eine Ecke von der Papptüte abgebissen und den Joghurt bis auf den letzten Tropfen durch die aufgeweichten Ränder gesaugt. Wer Joghurt aus der Tüte trank, war unbesiegbar.

Jetzt türmten sich vor Isabella buntbedruckte Becher. Sie war sicher, dass sich die Folie ohne Anstrengung von dem Deckeln lösen lassen würde.

Es muss ein Ende haben, dachte Isabella. Wollte sie diese Bühne mit Würde verlassen, musste sie selbst die Initiative ergreifen. Es galt, sich aus eigenem Willen von diesem Casting zu verabschieden. Wenn sie sich schon blamierte, dann wenigstens mit Absicht. Isabella verzog ihr Gesicht zu einem dümmlichen Lächeln und schob den Einkaufswagen auf die Kamera zu.

»Ooch isch habbe misch in meim Läbn endschiedn! Un föhr meine Familschä endscheide isch gleich midd.«

»Wunderbar«, schrie der Assistent mit Tränen in den Augen. »Wunderbar!«

»Du bist aus dem Ooo … oh Entschuldigung, aus den neuen Bundesländern?«, fragte die Aufnahmeleiterin.

»Sag ruhig Osten«, sagte Isabella, »wir haben immer Osten gesagt.«

»Kennst du viele Leute?«, fragte die Aufnahmeleiterin. »Ich meine im … Osten?«

»Zwangsläufig!«, sagte Isabella.

»Wir hätten da vielleicht einen Auftrag für dich. Kannst du ein Stündchen warten? Der Chef ist noch auf dem Rückflug von einer Besprechung in Zürich. Die Sekretärin sagt dir dann Bescheid!«

»Gut«, sagte Isabella und dachte, schlimmer kann es nicht werden. »Ich gehe einen Kaffee trinken!«

Als sie den Laden verließ, kam ihr die nächste Casting-Kandidatin entgegen: eine junge Blondine auf High Heels. Und Isabella hörte, wie der Assistent anerkennend pfiff.

Der einzige Triumph, den Isabella hatte, war die Gewissheit, dass so keine Mutter auszusehen hatte, zumindest nicht im deutschen Fernsehen. Die Blondine hätte für Autos, Cognac oder sich auf einem Fell räkelnd für Kaminöfen werben können, aber nicht für die gesunde Ernährung ihrer Familie. Eine Mutter war eine Beschützerin, die jederzeit ausstrahlen musste, dass sie in der Lage war, sich um ihr Kind zu kümmern. Das war auch schon in Isabellas Kindheit so gewesen.

»Das ist deine Mutter?«, hatte ein Schulkamerad entsetzt gerufen, als Isabella von ihrer Mutter von der Schule abgeholt worden war. Eine treusorgende Mutter trug keinen breitkrempigen Hut und schminkte sich nicht. Schuld an dieser »Verkleidung«, wie es die Großmutter nannte, war Isabellas Vater, der Hallodri, der wünschte, dass seine Frau eine Dame wäre. Er entstammte einer Tanzschulen-Dynastie, deren verblichener Werbespruch auch noch in Isabellas Kindheit auf einem Schild an der Fassade zu lesen war: »Tanzschule Kaiser – Bei uns lernen Könige tanzen!«

In der DDR hatte sich diese Zielgruppe etwas verschoben. Statt auf Königen lag der Fokus vor allem auf pubertierenden Jugendlichen, die größtenteils nicht freiwillig kamen, sondern von ihren Eltern gezwungen wurden, einen Kurs zu belegen.

Besitzer der Tanzschule war Theodor Kaiser, der schöne Theo, eine stattliche Erscheinung, der allerdings in Gegenwart seiner Frau fast hager wirkte. Er nannte die füllige Frau Magda »meine Elfe«, was bei Isabella Zweifel an den Bildern in ihrem Märchenbuch aufkommen ließ, auf denen Elfen und Feen schwebende Wesen waren. Im Gegensatz zur schwermütig wirkenden Frau Magda war der schöne Theo immer heiter und wollte, dass alle Menschen um ihn herum Spaß hatten. Sein Sohn, der Hallodri, hatte dieses Wesen geerbt, und so wurde im Hause Kaiser nicht nur getanzt, sondern viel gelacht, gesungen und selbstverständlich auch getrunken. Vielleicht war es die Unbeschwertheit, die Isabella dazu verleitet hatte, sich nach einem Beruf zu sehnen, für den sie wahrscheinlich nicht bestimmt war. Und auch Frau Magda hatte zu der Fehlentscheidung beigetragen, indem sie nie einen Zweifel über die Vererbung ihrer »Theater-Gene« aufkommen ließ.

Und immer häufiger stellte sich Isabella die Frage, ob sie als Schuhverkäuferin nicht glücklicher geworden wäre? Aber wer träumte mit sechzehn Jahren schon davon, Schuhverkäuferin zu werden?

Mittenhinein in diesen Grundsatzgedanken klingelte ihr Telefon. »Der Chief wäre jetzt da«, sagte die Sekretärin, Isabella solle sich beeilen! Sie hatte tatsächlich Chief gesagt, und Isabella überlegte, ob sie, statt ihm die Hand zu reichen, salutieren sollte.

Der Einkaufswagen mit den Joghurtbechern stand noch immer neben der Ladentafel. Isabella wartete, bis die Sekretärin kam und sie in den Versammlungsraum begleitete. »Isabella Krause«, sagte Isabella Krause und nickte drei Männern zu, die bereits am Tisch saßen und sich unterhielten. Sie blickten kurz auf und redeten dann weiter. Die Firma war größer, als es der Eingang des Molkereiladens vermuten ließ. Nüchterne Backsteinwände, sichtbar verlegte Stromleitungen. Alles war auf das Nötigste reduziert und hatte den aufpolierten Charme einer alten Fabrik.

Der Chef oder besser der Chief betrat den Raum, begrüßte die drei Männer freundschaftlich und rief dann: »Sie sind sicher Frau Krause?«, und als Isabella nickte, »hat Ihnen denn niemand Bescheid gegeben, dass Sie später kommen sollen?«. Er gab ihr einen Klaps auf die Schulter. »Wir möchten zuerst einige wichtige Dinge besprechen, dazu benötigen wir Sie noch nicht.«

»Vor allem die Honorare«, rief einer der drei Männer.

»Ich kann mich hier einfach still hinsetzen«, sagte Isabella. Sie bemerkte, wie der Mann zusammenzuckte und dem Chief ein Zeichen gab.

»Besser ist, Sie setzen sich so lange in die Küche«, sagte der Chief, »dort steht auch eine Kaffeemaschine, Sie können sich einen Kaffee nehmen, und wir rufen Sie dann.«

Da saß sie nun mit einer Tasse lauwarmem Kaffee. Es hätte nur noch gefehlt, er hätte gesagt, Sie können sich eine Tasse Bohnenkaffee nehmen. Isabella kam sich vor wie ein Kind, das zwar adoptiert worden war, aber trotzdem auf Abstand gehalten wurde. Zuerst kam die Bescherung der eigenen Kinder, erst dann folgten die anderen.

Isabella stand am Küchenfenster und blickte nach draußen, auf eine ungepflegte Grünfläche. War hier schon Sperrgebiet gewesen?

Bei ihrem ersten Berlin-Besuch hatte Isabella mit ihrer Schulklasse auch das Brandenburger Tor besucht. Weit vor dem Tor gab es einen halbhohen Metallzaun, dahinter, in sichtbarer Entfernung, standen Soldaten mit Maschinenpistolen. Sie schützten eine Betonfläche, die links und rechts von Rasen und Blumenkübeln gesäumt war. Isabella und ihre Schulfreundinnen hatten ihnen zugewinkt und Grimassen gezogen, aber die Gesichter der Soldaten waren wie versteinert geblieben. Nicht einmal ein Zwinkern war zu erkennen gewesen.

Niemand wunderte sich, dass die Soldaten nicht in Richtung des Brandenburger Tores guckten, durch das der Feind kommen und angreifen würde.

Was war das für eine Grenze gewesen, an der die Soldaten das Gesicht dem eigenen Volk zuwandten und dem Feind den Rücken?

Es dauerte fast eine Stunde, bis Isabella wieder ins Zimmer gerufen wurde. Jetzt waren zehn Personen um den Tisch versammelt, die ihr alle erwartungsvoll entgegensahen.

»Ja, Frau Krause, schön, dass Sie da sind!«, sagte der Chief lauter als nötig und machte eine Geste, als erwartete er von Isabella, dass sie sich verbeugte.

Isabella fühlte, wie sie sich verkrampfte.

»Aber setzen Sie sich doch. Wollen Sie einen Kaffee?«

»Ich hatte schon zwei«, sagte Isabella.

Der Chief wirkte wie aufgezogen. Er wippte unruhig auf seinem Stuhl hin und her und vermittelte den Eindruck, als hinge er an einem Gummiband und würde in wenigen Minuten nach oben gezogen, um zurück nach Zürich zu fliegen.

»Darf ich Ihnen Ihre Kollegen vorstellen: Herrn Fuchs aus Köln, er ist der Autor und, wie der Name sagt, ein Fuchs.« Der Chief lachte meckernd über seinen Witz, während der Fuchs eine abwiegelnde Geste machte, die weder auf Zustimmung noch auf Ablehnung schließen ließ. Der Fuchs hatte passend zu seinem Namen rote Haare. Der Chief setzte fort: »Das ist Frau Glaubitz, die auch für das Casting zuständig ist. Herr Becker, Herr Krake …« Die Namen von Kameramännern, Tonassistenten, Cuttern, Praktikanten zogen an Isabella vorüber. Sie nickte immer nur kurz, als müsse sie die Personalien bestätigen.

»Und was sind Sie von Beruf?«, fragte der Fuchs.

»Schauspielerin«, sagte Isabella.

Der Fuchs verzog seinen Mund zu einem milden Lächeln. Und betrachtete Isabella, so wie man ein Kind ansah, das gerade bei einer Lüge ertappt wurde, die aber so offensichtlich schien, dass es nicht der Mühe wert war, sie aufzudecken.

»Machen wir es kurz«, sagte der Chief, »wir bereiten da gerade eine Serie vor, sechs Folgen, Primetime.« Er zeigte auf das Plakat, das Isabella schon kannte: »Wild-Ost«. »Ein bedeutendes Projekt in unserer Fernsehserienwelt«, sagte der Chief. »Und wir geben Ihnen die Möglichkeit, daran mitzuwirken.«

Isabella schwieg.

»Ich sehe, Sie sind beeindruckt«, sagte der Chief. »Drehbe-ginn wird bereits nächste Woche sein. Es eilt also. Menschen, die uns erzählen werden, wie es wirklich war. Das ganz normale Leben in den Familien und den Betrieben, die kämpferischen Frauen, die den Alltag organsiert haben. Und die politischen Aspekte nicht vergessen: die Mangelwirtschaft und die Bevor-mundung durch den Staat. Sie wissen schon.«

»Ja«, sagte Isabella gedehnt.

»Ich sehe, wir verstehen uns!« Der Chief nahm eine Mappe in die Hand. »Das Konzept ist klar. Die Inhalte stehen fest. Meine Sekretärin wird Ihnen die Schwerpunkte kopieren. Das Enzige, was uns jetzt noch fehlt, sind die Menschen. Das wäre dann Ihre Aufgabe. Sie sind doch geboren im O… oh …?«

»Osten«, sagte Isabella.

»Na, sehen Sie, dann dürfte es doch für Sie kein Problem sein. Sagen wir fünf bis zehn Protagonisten bis Ende des Mo-nats?«

»Tot oder lebendig?«, fragte Isabella.

Der Chief lachte verstört.

»Ach so«, sagte er, »was haben Sie sich denn so vorgestellt, ich meine als Honorar?«

Isabella zuckte mit den Schultern.

»Sagen wir 500?«

»Pro Kopf?«

»Allerdings nur, wenn sie wirklich genommen werden«, rief der Fuchs. »Und maximal 3000«, sagte der Chief.

»Kennen Sie Tele-Lotto?«, fragte Isabella.

Der Chief schüttelte den Kopf.

»Das war ein Durchläufer, Herr Rohr!«

Isabella genoss die Irritation.

»Nehmen Sie nun den Auftrag an?«, fragte der Chief.

Und Isabella dachte an die 3000 Euro und an die offene Rechnung im Pflegeheim ihrer Mutter und nickte.

Während sie zurück zum Bahnhof lief, war sie sich nicht mehr sicher, ob dieser Tag wirklich ein Glückstag war.

3

Isabella hatte sich in ihrem Überschwang für die Aussicht, mit der Rolle im Werbefilm schnell 6000 Euro zu verdienen, bei der Hinfahrt eine Fahrkarte erster Klasse gegönnt, jetzt war sie aus Sparsamkeit wieder auf die zweite Klasse zurückgefallen und verzichtete freiwillig auf eine Platzkarte. Als sie die Menschen auf dem Bahnsteig sah, wusste sie, dass es ein Fehler gewesen war. Einerseits war es bei ihrer Körpergröße leicht, sich vorzudrängeln, da sie viele, die ihr auf den Kopf guckten, für ein Kind hielten, das zu seiner Mutter wollte, anderseits fehlte ihr die Kraft, um gegen die Aktenkoffer-Barrieren der dienstreisenden Männer anzukommen. Die silbernen Metallkoffer dienten nicht nur als Statussymbol, sondern auch als Waffe beim Vordrängeln. Dienstreisende Männer hatten es immer eilig und schoben, ob Mann, Frau oder Kind, alles beiseite, was ihnen beim Einsteigen den Weg versperrte.

Der Nahkampf erinnerte Isabella an Zeiten, in denen sie im Bahnhof Schöneweide versucht hatten, auf die Trittbretter der einfahrenden Züge zu springen, um vor allen anderen in einen Waggon zu kommen. Dieser Trick wurde im neuen Zeitalter durch die selbstöffnenden Türen vereitelt.

Alle Plätze im Großraumwagen waren bereits besetzt, und Isabella musste mit einem Abteil vorliebnehmen. Sie hasste den direkten Kontakt, dieses sich Gegenübersitzen, bei dem sie aus Angst, ihr könne beim Einschlafen der Unterkiefer herunterklappen, nicht wagte, die Augen zu schließen. Da sie einen Mittelplatz erwischt hatte, entfiel zudem die Möglichkeit, sich zur Seite zu lehnen und das Gesicht hinter dem Mantel zu verstecken. Der Mann, der ihr gegenübersaß, streckte seine Beine so weit aus, dass sie nur schräg sitzen konnte. Sicher war er der Meinung, Frauen und insbesondere kleine Frauen brauchten keinen Platz. Seine schwarzen Schuhe waren blank geputzt und sichtbar nicht mit den nassen Straßen in Berührung gekommen. Wahrscheinlich hatte er sich mit dem Taxi zum Bahnhof fahren lassen. Auf seinen Knien lag ein silberner Aktenkoffer, darauf das aufgeklappte Notebook. Er hackte auf die Tasten, als wolle er das Notebook auf dem Koffer festnageln. Seinem Gesicht war Unmut anzusehen. Er war der typische Erste-Klasse-Reisende, der darunter litt, dass es ihn, warum auch immer, zum Volk verschlagen hatte.

Als Isabella nach dem Mauerfall zum ersten Mal erste Klasse gereist war, hatte sie sich gefühlt, als täte sie etwas Verbotenes. Schon eine normale Zugfahrt im Intercity war ein Erlebnis gewesen: die mit Teppichboden ausgelegten Wagen, das gedämpfte Licht, die freundlichen Durchsagen. Es gab keine doppelt vergebenen Platzkarten, und auf jedem Sitz lag ein Faltblatt, in dem sie die Reiseroute nachlesen konnte. Doch die Fahrt in der ersten Klasse war noch eine Steigerung. Der Schaffner hatte ihr den Weg zum Platz gewiesen und geholfen, ihren Koffer in eine dafür vorgesehene Nische zu stellen, und als er sie nach der Abfahrt freundlich gefragt hatte: »Darf ich Ihnen etwas zu trinken bringen?«, wäre Isabella vor Schreck beinahe von ihrem Sitz gerutscht. Das also war der Westen!

Mittlerweile war alles selbstverständlich geworden. Sie hatte sich an die neue Art des Reisens gewöhnt. Nur manchmal, wenn sich der Schaffner mit einer Durchsage für eine Verspätung von fünf Minuten entschuldigte, durchzuckte sie die Erinnerung an frühere Zeiten. Damals hätten sie einen Schaffner, der sich für eine Verspätung entschuldigte, für geistig verwirrt gehalten, vor allem, wenn es sich nur um wenige Minuten handelte. Viel logischer erschien, dass sich die Schaffner bei Problemen hinter die verriegelte Tür ihres Dienstabteils flüchteten und sich so dem Zorn der Reisenden entzogen. Verspätungen waren etwas Selbstverständliches gewesen, das alle gelassen hinnahmen, auch Isabella.

Jetzt wurde sie schon ungeduldig, wenn ein Zug wenige Minuten auf freier Strecke an einem Signal hielt, und war unwirsch, weil nur ein Mittelplatz in einem Abteil frei war. Der Bonus, den alles nach dem Mauerfall gehabt hatte, war aufgebraucht.

Es war wie bei einem Ehepaar, je länger man verheiratet war, umso deutlicher erkannte man die Fehler des anderen und störte sich daran.

Vierzig Jahre lang waren sie zwei Königskinder gewesen, die nicht zueinander kommen konnten, »denn die Mauer war viel zu hoch ...«. Sie hatten sich vor Sehnsucht auf den anderen verzehrt, sich Briefe und Pakete geschickt und in der Weihnachtszeit Kerzen in die Fenster gestellt. Und als dann vor fast dreißig Jahren völlig unerwartet die Hochzeitsglocken läuteten, waren sie sich liebestrunken in die Arme getaumelt. Nur Großmutter Isa hatte die Probleme geahnt und gesagt: »Jetzt haben sie uns um den Hals wie einen Mühlstein!«

Sie sollte recht behalten, denn von Liebesheirat war schon längst keine Rede mehr, und es gab bereits einige, die sich heimlich die Scheidung wünschten. Und nun, da in wenigen Monaten die Feierlichkeiten zum Mauerfall bevorstanden, wurde unablässig an die Ereignisse von damals erinnert. Alle Facetten des untergegangenen Landes wurden beleuchtet. Kein Thema wurde ausgelassen, keine Bettdecke blieb zugedeckt. Was trank der DDR-Bürger, was aß er, in welcher Stellung hatte er Sex? Es war niemanden übel zu nehmen. Es war ein Elfmeter, bei dem der Stürmer allein mit dem Ball vor dem Tor stand, weil der Torwart für immer nach Hause geschickt worden war.

Und nun stand auch Isabella vor dem Tor und würde für jeden Treffer 500 Euro erhalten.

Je länger sie über ihren neuen Auftrag nachdachte, umso mehr ärgerte sie sich über sich selbst. Sie hätte ihn ablehnen sollen. Ihre Ziel sollte sein, vor einer Kamera zu stehen und nicht dahinter. Wo war das Scheinwerferlicht, in dem sie sich sonnen wollte? Statt vorwärts zu sehen, musste sie nun wieder zurückblicken. Doch konnte sie es sich leisten, den Auftrag abzulehnen? Es galt der Grundsatz: »Sie war alt und brauchte das Geld.« Jetzt half nur Augen zu und durch. Oder besser: Augen auf! »Sie müssen sich doch nur auf der Straße umsehen«, hatte ihr der Chief nach der Verabschiedung hinterhergerufen.

Er hatte recht, von nun an war jeder, der ihr begegnete, ein Protagonist. Isabella musterte ihre Mitfahrer. Auf den Fensterplätzen saß sich ein älteres Ehepaar gegenüber. Wortlos reichten sie sich gegenseitig die Brotbüchsen mit Apfelspalten und belegten Broten. Sie befanden sich im Ehezustand von »Silberhochzeit plus«, in dem entweder alles so eingespielt war, dass sie keine Worte mehr brauchten oder sie nur noch das Nötigste besprachen. Beide waren beige gekleidet, mit beigen Hosen, beigen Schuhen, und sogar die Socken waren beige. Der Unterschied war nur, dass die Frau eine beige Jacke trug, während der Mann mit einer beigen Weste ausgestattet war, die Kampfbereitschaft signalisierte. In den zahlreichen Taschen und Schlaufen hätte er bequem Patronen, Messer und anderes kleines Kriegsgerät verstauen können. In wenigen Jahren würde die beige Armee dieses Land, und das in beiden Teilen, demoskopisch fest im Griff haben. Isabella beschlich eine leise Ahnung, was ihr auf der Suche nach Protagonisten bevorstehen könnte.

War das ihre Zielgruppe? Mürrische alte Menschen, die sie dazu bewegen sollte, aus ihrem ostdeutschen Leben zu erzählen? Es war einmal.

Isabella schloss innerlich die Wette ab, dass die beiden gleich den rot-gelben Eierbehälter mit dem kleinen Salzstreuer aus DDR-Zeiten hervorholen würden.

Gewonnen!

Seit Isabellas Kindheit bildeten Essen und Zugfahren eine Einheit. Nie hätte Großmutter Isa einen Zug ohne die in Butterbrotpapier gewickelten Leberwurstschnitten und die Thermosflasche mit dem Pfefferminztee bestiegen, und selbstverständlich niemals ohne den rot-gelben Eierbehälter mit dem kleinen weißen Salzstreuer. Und es galt die strenge Regel: Nur wer seine Leberwurstschnitte aufaß, bekam ein hartgekochtes Ei. Schon kurz nachdem der Zug die Bahnhofshalle verlassen hatte, saßen sie alle andächtig kauend, in Wurstbrotgeruch gehüllt, im Abteil.

Aber war das Essen im Zugabteil eine rein ostdeutsche Angelegenheit? Ließen sich alle Westdeutschen ausschließlich im Speisewagen bedienen? Nicht einmal die Mitropa war, wie Isabella immer geglaubt hatte, eine ostdeutsche Erfindung, sondern gesamtdeutsch. Als sie vor einem Monat im Bahnhof von Frankfurt am Main ihre Wartezeit mit Kaffeetrinken verkürzen wollte, hatte sie zu ihrer Verwunderung das bekannte weinrote »M« über der Tür eines Cafés gesehen und sich gefragt, ob es jetzt bereits in der Bankenstadt Frankfurt Ostalgie-Lokale gab? Der Irrtum klärte sich schnell auf, denn die Bilder an den Wänden zeigten unter dem Leitspruch »Mitropawagen verkehren überall« Waggons seit dem Gründungsjahr 1916.

In der DDR, in der alle Dinge, die aus dem Land des Klassenfeindes kamen, umbenannt worden waren, aus Pizza »Krusta« wurde, aus Hot-dog »Kettwurst« und das Christkind, wenn möglich, aus den Liedtexten verschwand, hatte sich niemand die Mühe gemacht, die »Mitteleuropäische Schlaf- und Speisewagen Aktiengesellschaft« umzubenennen, zum Beispiel in »Kommunistische Versorgung auf Schienen – Koveschi« oder »Kantine der Völkerfreundschaft – KadeVö«. Das war erstaunlich.

Nur das Angebot hatte sich sozialistischen Gegebenheiten angepasst. Es gab Bockwurst mit Brötchen, Bulette mit Kartoffelsalat und selbstverständlich den legendären Mitropa-Kaffee, dessen Geheimnis der mehrfach verwendete Kaffeesatz war. Optimale Ausnutzung der Ressourcen, in diesem Fall allerdings nicht zum Wohle der Volkswirtschaft, sondern zum Wohle des Verkaufspersonals. Beschwerden machten wenig Sinn, und es kursierten verschiedene Witze:

Gast: Herr Ober, das Schnitzel ist steinhart.

Ober: Dann bringe ich Ihnen eine Bulette!

Gast: Aber ich habe das Schnitzel schon angebissen?

Ober: Macht nichts, wir haben auch angebissene Buletten.

Im Hause von Großmutter Isa durfte sich weder über Zugverspätungen beschwert noch über Mitropa-Kaffee gelästert werden, denn Großvater Bruno arbeitete bei der Bahn. Wenn er nach seinem Dienst nach Hause kam, zog er noch vor dem Hauseingang seine Uniformjacke aus und hängte sie auf einen Kleiderbügel an einen extra dafür bestimmten Haken unter dem Vordach. Die Kleiderbürste lag immer auf dem Fensterbrett neben dem Vogelhäuschen. Bedächtig, Strich für Strich, bürstete der Großvater seine Jacke aus. Erst wenn sie eine Stunde gelüftet hatte, brachte er sie ins Haus und hängte sie an die Garderobe. Doch egal wie lange die Jacke lüftete, der Geruch hatte sich über die Jahre in den Filz eingenistet und blieb. Der »Bahnhofsgeruch«, wie ihn Isabella später nannte, war eine Mischung aus Schmieröl, dem Rauch der damals noch fahrenden Dampflokomotiven, abgestandenem Bockwurstwasser und einer Prise Herrenklo. Wann immer sie auf dem Korridor an der Jacke vorüberkam, drückte sie ihre Nase in den blauen Filz und sog den Geruch des Reisens ein. Damals war ihr die Welt riesengroß erschienen.

Als sie lesen konnte, hatte sie in dem Kursbuch geblättert, das immer neben der Eisenbahnermütze auf der Hutablage der Garderobe lag.

Die Zauberformel hieß »Minkewitz ab«, und dahinter folgten drei Punkte, die alles offen ließen. Wollte einer der Nachbarn verreisen, dann klingelte er am Abend und fragte den Großvater nach einer Verbindung. Und der Großvater blätterte bedächtig im Kursbuch und leckte jedes Mal an seinem Daumen, bevor er umblätterte.

Minkewitz ab.

Sellerau an.

Sellerau ab.

Die Dicke des Kursbuches gab dem Land eine immense Weite. Geheimnisvolle Bahnhöfe warteten darauf, dass Isabella sie betrat. War es in Ludwigslust wirklich lustig, gab es in Perleberg einen Perlenberg, und welches Geheimnis verbarg sich hinter Anklam und Jüterbog?

Der Zug wurde immer langsamer und stand. Isabella sah aus dem Fenster in eine Landschaft, für die ihr ganz unpoetisch nur das Wort »flach« einfiel.

»Der Zug steht!«, sagte der Mann mit dem silbernen Koffer.

»Ach«, sagte Isabella und zog in Oma-Isa-Manier die Augenbrauen nach oben.

»Isch meine ja nur.« Zu ihrer Überraschung schwang in seiner Stimme ein verweichlichter sächsischer Klang, ein Schlittern auf Konsonanten, der sich auch mit viel Mühe nicht aus der Sprache waschen ließ. So konnte man sich täuschen. Ein Ostdeutscher ausgestattet mit den Insignien eines westdeutschen Büroleiters. Das Schaf im Wolfspelz. Die Sprache verriet immer. Nicht nur der Dialekt, der in einigen Gegenden nicht eindeutig zuordenbar gewesen wäre, wie sollte man einen Ostberliner und einen Westberliner unterscheiden, sondern die Wortwahl. Wer Plaste statt Plastik, Kosmonaut statt Astronaut oder Kaufhalle statt Supermarkt sagte, war enttarnt. Das war auch fast drei Jahrzehnte nach dem Mauerfall so.

Ganz schwere Vergehen waren Datsche oder Sprelacart. Auch bei den Zeitangaben schieden sich die Geister. Bestellte man einen Hamburger um Viertelsieben, kam sofort die Nachfrage: »Viertel nach sechs?« Aber waren das nicht eher regionale Unterschiede? Was sagte man in Castrop-Rauxel oder Bietigheim-Bissingen?

Der Sachse hatte sich nach dem Mauerfall zum Deppen der Nation qualifiziert. Benötigte man für einen Fernsehbeitrag Protagonisten aus dem Osten, die einen möglichst dümmlichen Eindruck machten, dann musste man sich nur mit Kamera und Mikrofon in Sachsen auf die Straße stellen, und der Lacherfolg war garantiert. Jetzt konnte man sich in Baden-Württemberg zurücklehnen und endlich zugeben, dass man alles außer »Hochdeutsch« konnte. Leider war es den Sachsen im Laufe der Jahre nicht gelungen, ihr Image zu verbessern, im Gegenteil. Und dazu hatten vor allem Pegida und die anderen »Idas« beigetragen. Verändert hatte sich nur, dass jetzt allen das Lachen im Hals stecken blieb.

Isabella musterte den Mann gegenüber. Alles stimmte, der silberne Aktenkoffer, das weiße Hemd, der roter Schal, nur die Schuhe waren falsch. Beim näheren Betrachten bemerkte sie das fehlende Lochmuster. Und handgenäht waren die Schuhe auch nicht. Ein westdeutscher Mann, der etwas auf sich hielt, trug Brogues. Eine Freundin hatte die These aufgestellt, dass man Westdeutsche immer an den Gürteln in ihren Jeans und an ihren hochwertigen Schuhen erkannte. Es schien zu stimmen, denn auch der Gürtel fehlte.

Sie überlegte, was der Mann vor dem Mauerfall gemacht haben könnte. Hatte er in einem Büro gearbeitet? War er Parteimitglied gewesen? Nach ersten optischen Schätzungen war er etwa vierzig Jahre alt. In diesem Fall war die Antwort ganz einfach: Er war zur Schule gegangen.

Die fast dreißig Jahre im »Westen« waren nach Isabellas Empfinden ausgesprochen schnell vergangen. Sie hatte fast zehn Jahre mehr im Westen als im Osten verbracht, der Gedanke daran erschien ihr unwirklich. Lag es daran, dass im Alter die Zeit schneller verging? Oder waren DDR-Jahre wie Hundejahre, die mehrfach zählten?

Isabellas Erinnerungen lagen im Ungleichgewicht. Sie stellte es sich als eine Wippe vor. Auf der einen Seite saß das Kind Isabella, das, obwohl es kaum Gewicht hatte, die Wippe nach unten zog. Die Frau Isabella auf der anderen Seite, die deutlich mehr Gewicht aufbrachte, schwebte mit baumelnden Beinen in der Luft. Aber war es nicht generell so, dass die Erinnerung an die Kindheit und Jugend schwerer wog als an alle anderen Zeiten? Hatten sich nicht auch Großmutter Isa und Frau Magdas Erzählungen immer in einer Zeit bewegt, die weit zurücklag? »Das war, als du noch ›Quark im Schaufenster‹ warst«, hatte der Hallodri immer zu Isabella gesagt.

Die beiden jungen Menschen, die sich an der Abteiltür gegenübersaßen, waren in Isabellas Kindheit und Jugend noch nicht einmal »Quark im Schaufenster« gewesen und viel zu jung, um die DDR zu kennen. Wie auch das alte Ehepaar sprachen sie kein Wort miteinander, sondern nestelten nervös an ihren Telefonen, die jetzt nicht mehr Telefon, sondern Phone hießen. Jeder war für sich in seiner Phone-Welt versunken. Für die beiden wäre eine Erzählung über die DDR ebenso eine Märchenstunde gewesen wie für Isabella die Erzählungen von Großmutter Isa und Frau Magda vom Krieg.

Nur Großvater Bruno erzählte nie eine Geschichte. Der einzige Hinweis auf seine Vergangenheit war eine Narbe an seiner rechten Wade, die stets mit dem kurzen Kommentar »ein »Streifschuss« abgetan wurde. Darüber, wer auf Großvater Bruno geschossen hatte, wurde nie gesprochen.

Der Zug setzte sich langsam wieder in Bewegung, und dann tauchte die Vorstadt auf und die Bahnhofsgegend, die wie in allen Städten auf der Welt hässlich war.

Der Büroleiter klappte sein Notebook zusammen. Das beige Ehepaar räumte die Brotbüchsen in die Tasche. Nur die beiden jungen Menschen an der Tür starrten weiter auf ihr Phone und beachteten auch den Schaffner nicht, der über den Gang eilte, wahrscheinlich warteten sie darauf, dass ihnen auf dem Display angezeigt wurde, dass sie angekommen waren.

Kurz darauf kam die Durchsage: »Werte Reisende, in wenigen Minuten haben wir unseren Zielbahnhof erreicht. Unsere Zugfahrt endet hier.«

Es klang, als hätten sie gemeinsam einen Ausflug gemacht.

4

»Sie müssen sich doch nur erinnern!« Auch wenn er »in Ihrem Alter!« weggelassen hatte, schwang es doch mit. Wahrscheinlich hatte der Chief bei der Verabschiedung nur nett sein wollen. Nun bin ich also im Zeitzeugenalter angekommen, dachte Isabella.

Woran konnte sie sich erinnern? Woran sollte sie sich erinnern? Und woran wollte sie sich überhaupt erinnern?

Manche Erinnerungen waren immer verfügbar. Die Wochenenden bei Oma Isa auf dem Land, die Nachmittage in Frau Magdas Salon, Isabellas erster Theaterbesuch, die rauschenden Bälle in der Tanzschule. Dann gab es Bilder, die unerwartet auftauchten, die weinende Verkehrspolizistin Anja Schlemmer, die Zugfahrkarten-Schätze in dem roten Spielzeugtresor.

Das Gedächtnis war ein Kaufmannsladen, in dem Erinnerungen feilgeboten wurden. Einige gab es umsonst, andere waren bereits nach kurzem Nachdenken zu haben. Aber es gab auch Dosen und Schachteln, die sich nur mit Mühe öffnen ließen, und Schubladen, die hartnäckig klemmten. Das waren jene Erinnerungen, nach denen man lange anstehen musste, bis man sie endlich bekam. Isabella war der Meinung, dass man »sich erinnern« lernen konnte, denn sie war sicher, dass nichts verloren ging. Selbst die russische Sprache, die sie damals nur widerwillig in der Schule gelernt hatte, tauchte ungewollt aus dem Vergessen auf, sobald jemand auf der Straße russisch sprach.

Manche Erinnerungen ließen keine Konkurrenz zu. Wann immer Isabella von einer Wohnung träumte, war es die große Wohnung über dem Tanzsaal. Die dunkel getäfelte Diele mit der runden Holzlampe an der Decke. Ein Wagenrad auf dem zwischen den kerzenförmigen Glühbirnen geschnitzte Waldtiere saßen: eine Eule, ein Eichhörnchen, ein aufrecht stehender Igel, ein Rabe. Diese Lampe erschien Isabella oft im Traum. Die Augen der Eule waren aus Glas und begannen zu funkeln, sobald die Lampe angeschaltet wurde. In der Garderobe ragte noch ein Kabel aus einer Stuckrosette. Hier hatte früher der Kristallleuchter gehangen, der, und dieser Teil der Geschichte wurde immer geflüstert, von den Russen mitgenommen worden war. Isabella wäre es lieber gewesen, die Russen hätten damals die Lampe mit der Eule mitgenommen. Die Größe der Wohnung hatte Isabella als Kind Angst gemacht. Die hohen holzgetäfelten Räume, die massiven Kachelöfen, der Wintergarten. Aber dann gab es noch den Tanzsaal, mit den üppigen Stuckverzierungen an der Decke und der Spiegelwand, die den Raum doppelt so groß erscheinen ließ. Es war ein Saal, der dem Namen »Tanzschule Kaiser« alle Ehre machte. Hier hätte der Prinz aus »Drei Hasennüsse für Aschenbrödel« einen Ball abhalten können. Der Hallodri-Vater nannte Isabella immer »meine Königstochter« und hätte sicher nichts gegen einen Königssohn einzuwenden gehabt. Doch statt eines Prinzen hoch zu Ross war irgendwann Herr Krause auf dem Fahrrad erschienen und hatte um Isabellas Hand angehalten.

Wenn Isabella mit der Straßenbahn zur Probe fuhr, kam sie an ihrem Elternhaus und der Tanzschule vorbei. Sie konnte das Gefühl schwer benennen. Es war die merkwürdige Mischung aus Dankbarkeit und Trauer. Die Dankbarkeit, dass alles so gewesen war, und die Trauer, dass es nie wieder so sein würde. Auch wenn sie damals freiwillig gegangen war, hatte sie doch nie die Tür hinter sich zugeschlagen. Jetzt residierte eine Rechtsanwaltskanzlei in den Räumen. Von der Bahn aus konnte sie sehen, dass der große Saal mit Gipswänden in Waben unterteilt war. Arbeitsbuchten, die jegliche Großzügigkeit des Raums zerstörten, auch wenn über allem noch die Stuckdecke mit dem Kronleuchter schwebte.

War das nicht »der wilde Osten«, nach dem das Fernsehen suchte? Die endlosen Tanzabende und Ballnächte, oft bis in die Morgenstunden hinein. Der schöne Theo als Zeremonienmeister, unterstützt vom Hallodri-Vater und Isabellas Mutter als Ballkönigin?

Auch wenn das Haus neu verputzt und hell gestrichen war, kam es Isabella trostlos vor, eine Hülle, aus der die Seele entwichen war.

Wenn Isabella Filme aus den Zeiten ihrer Kindheit und Jugend sah, erschrak sie über das Grau in den Straßen, den bröckelnden Putz, die kaputten Gehwegplatten. Selbst kurz vor dem Mauerfall hatten viele Straßen der Stadt gewirkt, als sei der Krieg gerade erst vorüber. Auch an der dunkelgrauen Sandsteinfassade der Tanzschule waren noch Löcher von Granatsplittereinschlägen zu sehen gewesen.

Doch Isabella hatte den Verfall damals nicht so empfunden. Er war einfach vorhanden, so wie die Luft zum Atmen, die man auch nicht ständig hinterfragte. Wichtig war die Familie gewesen. Der schöne Theo, der lustige Hallodri, die vornehme Mutter und Frau Magda, die großzügig sagte: »Ich dulde dieses Land.« Ein Satz, den das Kind Isabella nicht verstanden hatte. Sie alle vermittelten Isabella das Gefühl, das Leben sei eine rauschende Ballnacht, wenn man es nur geschickt anstellte.

Und die Großmutter Isa und der Großvater Bruno haderten sowieso mit nichts, außer damit, dass ihre Tochter einen Hallodri geheiratet hatte. Sie lebten in ihrem Häuschen, in dem alles winzig war, aber auch dort hatte das Kind Isabella alles als riesengroß empfunden, besonders den Garten. Großmutters Garten war ein Paradies gewesen. Die Beeren leuchteten unter den herabhängenden Ästen der Obstbäume. Es gab geheime Wege, die zu den Himbeersträuchern führten oder zu den Stachelbeerbüschen, und dazwischen standen Blumen, die sich um den Verstand blühten. Der Garten war dicht bepflanzt und auf eine wunderbare Art verwildert. Was machte es da, dass bei starkem Wind immer wieder Staub vom Stahlwerk herübergeweht war und den Blättern der Bäume einen rötlichen Schimmer gegeben hatte. Der Staub war da, ob man sich darüber ärgerte oder nicht.

Die Straßenbahn überquerte eine große Kreuzung. Das Theater lag etwas außerhalb, in einer Gegend, die früher eher als schäbig galt. Schlichtere Gründerzeitfassaden, die Häuser als Unterkünfte für Arbeiter gebaut. Doch nun war das Viertel zum Geheimtipp aufgestiegen. Es war wie in so vielen Städten, die Karawane zog von Stadtteil zu Stadtteil, hatte jetzt in dieser Gegend Halt gemacht und war gerade dabei, das Aschenputtel zur Prinzessin zu erheben. Doch das Aschenputtel wehrte sich, so gut es ging, noch waren hier die Mieten bezahlbar, und die Kneipen hießen schlicht »Suppenküche« oder »Absacker«.

Das Theater war ein ehemaliges Kino, das Isabella noch aus Kinderzeiten kannte. Weil die Sitze früher allesamt speckig waren, nannte es der Hallodri »Die Fettbemme«, und die Mutter hatte nie versäumt, ihr Polster vor dem Hinsetzen mit einem Geschirrtuch abzudecken. Jetzt war das Kino, soweit es das Geld erlaubte, saniert worden und diente auch als Theater. Geldmangel hatte auch Vorteile, denn es konnten nur die nötigsten Reparaturen ausgeführt werden. Auf diese Weise war der speckige Charme erhalten geblieben, und insgeheim nannte Isabella es immer noch »Die Fettbemme«. Sie mochte die Wasserflecken an der Decke, die staubige Bühne, die Dielenbretter im Foyer, die so nachgedunkelt waren, dass sie fast schwarz erschienen. Das perfekt Unperfekte gab ihr Kraft. Es war jene Kraft, die sie damals an der Schauspielschule gespürt hatte, als alles möglich schien und sie noch nicht damit haderte, ob sie wegen ihres Talents oder eher wegen Frau Magdas Fürsprache angenommen worden war. Frau Magda dagegen hatte nicht einen Zweifel an Isabellas Begabung zugelassen.

Sie empfing Isabella immer in ihrem Salon. Sie ruhte im Halbdunkel auf einem Diwan, eine Dame im wallenden Gewand, die in der einen Hand eine Zigarette in silberner Spitze und in der anderen ein Weinglas hielt.

Isabelle erinnerte sich an Frau Magda wie an ein Geheimnis. An die tiefe Stimme, mit der sie Isabella aufforderte, sich auf den Hocker neben dem Diwan zu setzen, an die Seidengewänder, die schweren goldenen Ringe. Einzig eine Tischlampe, die neben dem Aschenbecher stand, gab diffuses Licht. Kam Frau Magdas Hand beim Abstreifen der Asche in die Nähe des Lichts, blitzten die Steine in den Ringen auf, ein Feuerwerk der Farben. Das Bemerkenswerteste aber war der purpurfarbene Turban, der von einer selbst im Dunkel funkelnden Brosche zusammengehalten wurde. Isabella war sicher, dass Frau Magda über Zauberkräfte verfügte, und wahrte immer ein wenig Abstand.

Anderseits zogen sie die Geschichten von Frau Magda magisch an. Es waren keine Märchen wie bei Großmutter Isa, sondern Geschichten aus Frau Magdas Bühnenleben, und aus »Es war einmal« wurde »Als ich einmal im Theater ...«. Dann folgte die Erinnerung an die jeweilige Rolle, und im Halbdunkel des Zimmers verwandelte sich Frau Magda in Gretchen oder Luise, in Ophelia oder in Lady Macbeth. Auch bei der Zuhörerin Isabella geschah eine Verwandlung. Getragen von Frau Magdas dunkler Stimme, stellte sie sich vor, sie würde, getrieben von ihrer Liebe zu Faust, in ihrer Kammer hin und her laufen: »Meine Ruh ist hin! Mein Herz ist schwer!« Sie spürte tatsächlich die Dielenbretter unter ihren Füßen, den rauen Nachthemdstoff auf ihrer Haut und versuchte, ein schweres Herz in ihren Körper hineinzudenken. Das allerdings vergeblich.

»Verwandlung ist eine innere Angelegenheit!« Ausgestreckt auf ihrem Diwan gab Frau Magda alle Erkenntnisse, die sie im Laufe ihres Bühnenlebens gewonnen hatte, an Isabella weiter. »Die Kunst des Theaterspielens ist kein billiges Verkleiden!«

Auch wenn Isabella nicht alle Dinge verstand, die ihr Frau Magda erzählte, begriff sie schon im Kindergartenalter, dass mit billigem Verkleiden der Fasching gemeint war. Mädchen, die als Prinzessin kamen, legten in ihren Bewegungen nicht unbedingt königliches Verhalten an den Tag, und die Cowboys und Indianer hatten trotz Colt und Tomahawk weiterhin Angst im Dunkeln. Außerdem war Fasching ein Fest der Mütter, die mit dem Umweg über ihre verkleideten Kinder untereinander in den Wettstreit um das schönste Faschingskostüm traten. Ein Kampf um Originalität, der sich in der Schulzeit zuspitzte. Je nach Alter wurden die Kinder als Sandmännchen, Traktoristin oder Bauarbeiter ins Rennen geschickt, und nie würde Isabella den Tag vergessen, an dem Anja Schlemmer, verkleidet als Verkehrspolizistin, das Klassenzimmer betrat. Sie stand in ihrer Uniform aus grünem Gardinenstoff, mit schräg über dem Oberkörper liegender Wachstuchschärpe neben dem Lehrertisch, auf dem Kopf eine mit grünem Krepppapier ummantelte Schirmmütze. Doch die Volkspolizistinnen-Uniform verlieh Anja Schlemmer keine Macht. Im Gegenteil, sie stand mit hängenden Schultern, den Blick nach unten gerichtet vor der Klasse, und die Tränen tropften auf die schwarzen Gummistiefel.

Und doch lachte oder tuschelte niemand. Alle Schüler saßen erstarrt in ihren Bänken, und auch die Lehrerin hatte für einen Moment die Sprache verloren. Aber es war nicht die Angst vor der Staatsmacht, die alle zum Schweigen brachte, sondern schlichtweg die Tatsache, dass Anja Schlemmer einen Tag zu früh zum Fasching gekommen war. Der Vorfall bewies Frau Magdas Theorie. Was Anja Schlemmer gefehlt hatte, war die innere Bereitschaft, der Glaube, wirklich eine Polizistin zu sein, denn hätte es nicht in der Macht einer Polizistin liegen können, den Fasching einen Tag vorzuverlegen?

Ihre ersten Rollen nach dem Studium bekam Isabella am Kindertheater. Sie war das Häschen, der Fliegenpilz, der Frosch, der Igel. Hüpfend oder kriechend machte sie den Märchenwald lebendig. Doch ihr »Gastspiel« währte nur kurz. Zwei Jahre nach dem Mauerfall wurde das Kindertheater geschlossen, und Isabella kam an die große Bühne. Endlich würde alles anders werden!

Aber auch hier spielte sie fortan nur Rollen, die statt einem Namen eine Berufsbezeichnung hatten: Zofen, Mägde, Dienerinnen. Jahrelang hoffte sie auf die Inszenierung des Sommernachtstraums, einem Stück, das geradezu nach einer 1,50 Meter großen Schauspielerin schrie. Und als das Stück tatsächlich in den Probenplan aufgenommen worden war, hatte der Regisseur die Idee, den Puck mit einem besonders großen Schauspieler zu besetzen. Und dann waren auch noch bei vielen Schauspielern die Verträge nicht verlängert worden, auch bei Isabella. Aber war es nicht immer ihr Wunsch gewesen, Filmschauspielerin zu sein? Wann, wenn nicht jetzt! Und tatsächlich waren erste Angebote gekommen: Dienstmädchen, Krankenschwestern und Prostituierte.

Doch die Aufträge kamen zu unregelmäßig. Und so arbeitete sie als Synchronsprecherin, als Animateurin im Altenheim, als Moderatorin, übernahm Rollen bei Hörspielproduktionen.

Aber selbst während der Zeiten, in denen sie gut beschäftigt war, hatte Isabella gemerkt, dass ihr etwas fehlte, und sie brauchte eine Zeit lang, bis sie ihre Unzufriedenheit benennen konnte: Es war die Bühne, die Verwandlung vor den Augen des Publikums.

Und so suchte sie nach jenen, denen es genauso ging wie ihr. Gemeinsam mit einer Studienfreundin von der Schauspielschule gründeten sie das Improvisationstheater »Hallodri«.

Und schon nach der ersten Vorstellung wusste sie, dass sie zu etwas zurückgekehrt war, das sie nie wieder missen wollte. Auch wenn die Honorare gering waren.

Meist trafen sie sich einmal in der Woche zur Probe. Auf der Bühne fühlte sich Isabella sicher. Die Bühne war Isabellas Schutzraum. Nirgendwo fühlte sie sich so groß. Auf der Bühne wurden aus 1,50 Metern 1,80 Meter Körpergröße, und sie spürte in sich die Gabe, sich zu verwandeln, in wen oder was auch immer sie wollte.

Schon an der Eingangstür zur Theaterkneipe hörte sie das Klavier. Der Pianist saß in sein Spiel vertieft am Flügel, und Isabella schlich sich leise in die letzte Reihe. Plötzlich fiel alles ab von ihr, die Fahrt nach Berlin, der merkwürdige Auftrag, der, je länger sie darüber nachdachte, eine Beleidigung war. Als der Pianist plötzlich einhielt und aufsah, merkte Isabella, dass auch die anderen gekommen waren.

Improvisation verlangte Reaktion, Schnelligkeit, Körperbeherrschung und Sprachgewandtheit und vor allem kein Zögern, außer es gehörte zum Spiel. Es gab kaum Standards, die sie einstudieren konnten, und der eigentliche Witz eines Auftritts lag darin, sich gegenseitig zu überraschen. Die Zuschauer waren dabei nur Zaungäste. In welcher Sprache sollte sie ein Lied singen? In Rumänisch? Und wovon sollte es handeln? Von einer bösen Schwiegermutter? Bitte schön!

In den Vorstellungen sang Isabella Lieder in Sprachen, die sie nie gelernt hatte, spielte Hänsel und Gretel als Peking-Oper und war eine Bachstelze in einem Tierfilm.

Es gab einen Conférencier, der die Vorstellung leitete, und bei dieser Probe übernahm Karl diese Rolle. Karl war groß und hager und ging immer schleichend, ein wenig gebeugt, was ihm etwas Diabolisches gab. Sie übten die fortlaufende Geschichte. Der Erste gab die Geschichte vor, und wenn Karl »Stopp« sagte, musste der nächste in der Reihe sofort weitererzählen. Karl bestimmte, wie kurz oder wie lang jemand erzählen durfte. Darin lag die Irritation. Zuvor wurden drei Begriffe vorgegeben, die in der Geschichte vorkommen mussten. Normalerweise bestimmte das Publikum diese Sachen, aber bei der Probe kamen die Vorgaben vom Conférencier. »Schrecklicher Tag, Joghurt, Auftrag«, sagte Karl, und Isabella zuckte zusammen.

»Ich hatte heute einen schrecklichen Tag«, begann Maria,

die als Erste in der Reihe stand. »Am Morgen servierte ich meiner Familie …«

»Stopp.«

»Naturjoghurt«, sagte Leo, der als Nächstes dran war. »Für meine Familie nur das Beste! Die Kinder wollten lieber Marmeladenbrötchen essen, aber ich bestand auf Joghurt. Dann kam der Anruf, und mir wurde ein merkwürdiger Auftrag angeboten. Ich sollte …«

»Stopp.«

»… zehn Außerirdische finden, die aus ihrem Leben erzählen«, stammelte Isabella.

Nach der Probe saßen sie noch im Foyer beisammen. Isabella bestellte sich Rotwein, einen Nero d'Avola, der erdig schmeckte, mit einem Hauch Kirschen und Backpflaumen. Die Zeiten von Vierfruchtwermut und ungarischen Dessertweinen waren glücklicherweise vorüber. Sie nahm einen neuen Schluck und schloss die Augen. Sie spürte deutlich, dass sie müde wurde, aber gleichzeitig war der Gedanke an den Fernsehauftrag immer noch präsent. Neben ihr saß Karl. Seit fünf Jahren spielten sie zusammen, und Isabella musste zugeben, dass sie wenig über ihn wusste, nur dass er vom Rostocker Theater gekommen war. Sie hatten gemeinsam Spaß auf der Bühne, tranken hin und wieder ein Glas Wein zusammen, und Isabella liebte Karls Humor. Vielleicht wäre er ein potenzieller Protagonist?

»Bist du eigentlich in Rostock geboren?«, fragte Isabella.

»Nein, in Braunschweig.«

»Im Westen?!«

»Das klingt, als hätte ich eine Krankheit?«

»Und warum bist du in den Osten gegangen?«

»Warum denn nicht?« Karl schien verwirrt.

»Na ja, bist du freiwillig gekommen? Oder auf der Flucht? Vor deiner Familie? Eltern, Frauen, Kinder?«

»Wie genau willst du es denn wissen?«

»Ganz genau!« Isabella lachte. »Was nervt dich eigentlich, wenn du Filme über deine Kinderzeit im Fernsehen siehst?«

»Diese blöden Klischees. Alle fahren mit dem Wohnwagen nach Italien in den Urlaub. Ich war noch nie in Italien.«

»Das glaube ich nicht!«

»Ich hasse Hitze!«

Isabella sah ihn entsetzt an.

Karl lachte. »Willst du mit mir nach Italien fahren?«

»Nein«, sagte Isabella. »Ich habe da so einen blöden Auftrag angenommen. Ich soll Leute finden, die über mein Land erzählen.«

»Ah, die Außerirdischen!«, sagte Karl. »Deshalb warst du vorhin so nervös. Na, das ist doch ganz einfach. Frag deine Familie!«

»Die meisten sind krank oder schon tot.«

»Hattet ihr keine Nachbarn oder Freunde?«

Isabella nickte. »Das schon. Aber viele wohnen auch auf dem Land, im Ort meiner Großeltern.«

»Und warum fährst du nicht hin?«

»Ich habe Angst, dass ich traurig werde. Seit meine Großeltern tot sind, bin ich nicht mehr dort gewesen.«

»Wenn du willst, fahr ich dich.«

»Ich würde lieber den Zug nehmen.«

»Bist du Masochistin?«

»Vielleicht. Ich ruf dich an!«

»Morgen?«

Als sie schon vor der Tür standen, fragte Isabella: »Gibt es einen Satz aus deiner Kindheit, den alle im Land kennen?«

»Ist das die 500.000-Euro-Frage?« Karl lachte. »Aber ganz einfach: ›Gehe in das Gefängnis, gehe nicht über LOS, ziehe nicht 4000 DM ein!‹«

5

Eigentlich hatte sie wie früher den Zug nehmen wollen, doch »Minkewitz an« war aus den Fahrplänen verschwunden. Die Züge waren abgefahren, der Bahnhof stand noch da.

Karl parkte direkt neben einer Schutthalde. Hier war früher die Haltestelle für Werksbusse gewesen, die alle zu ihren jeweiligen Arbeitsplätzen gebracht hatten. Das Werksgelände war mehrere Hektar groß, und obwohl die Silhouette in der Ferne zu sehen war, lag es doch mehrere Kilometer entfernt. Noch vor dem Werkstor kam die Poliklinik, ein mehrstöckiger Plattenbau, und daneben stand, als absoluter Kontrast, der Kulturpalast, »Palazzo prozzo« genannt. Eine riesige Freitreppe führte zu einem voluminösen, im klassizistischen Stil gestaltetem Portal, dessen Säulen in einer Farbe gestrichen waren, die Großmutter Isa »Schlüpferrosa« nannte.

Isabella kniff die Augen zusammen und fixierte den Horizont. Sie ahnte das Werk mehr, als sie es wirklich erkannte. Mit Mühe waren die schemenhaften Umrisse der Hochöfen und der Schornsteine im trüben Novemberlicht auszumachen. Gleich würde die Sirene ertönen und zur Schicht rufen. Doch es blieb still. Nur eine kaputte Plane flatterte vor dem Eingang zur Bahnhofshalle. Die Holzleisten, mit der sie befestigt war, ließen sich leicht lösen. Sie hätten es nicht tun sollen. Der Anblick war schrecklich. Überall lagen Schutt und Glasscherben, leere Bierflaschen, verkohltes Holz. Das Schalterfenster war eingeschlagen, und das ovale Gitter, durch das die Kunden ihren Wunsch äußern durften, lag auf dem Boden.

Früher war das Fahrkartenkaufen ein Akt, der mit Ehrfurcht vollzogen wurde. Wie ein Bittsteller traten die Kunden an das Schalterfenster heran, sagten demütig durch das ovale, vergitterte Loch ihr Ziel. Und die uniformierte Frau dahinter musterte sie, als müsse sie prüfen, ob sie berechtigt wären, Zug zu fahren. Erst danach erhob sie sich widerwillig und ging zu ihrer Maschine, einem Monstrum aus aneinandergereihten Eisenstempeln. In diesem Schalterraum waren auf Matrizen alle Bahnhöfe des Landes versammelt. Die endlichen Möglichkeiten des Reisens, die Isabella damals unendlich vorgekommen war. Sie erinnerte sich an jedes Detail: Begleitet von einem lauten Rattern schob die Uniformierte die Vorrichtung zu dem jeweiligen Ort, legte ein kleines braunes Kärtchen unter die Stanze und senkte mit einem Ruck den Hebel. Dann legte sie die kleinen pelzigen Pappstücke auf den Drehteller. Nach jeder Reise hatte sich Isabella die Karten erbettelt und in ihrem roten Spielzeugtresor aufbewahrt. Es war ein Schatz, von dem sie sich nie trennen wollte.

Die Tür zur Mitropa-Gaststätte stand halb offen. Es war ein großer Raum mit vielen Tischen, auf einigen standen noch Vasen mit Kunstblumen, an den Fenstern hingen verblichene Gardinen. Die Stahlplatte des Tresens wirkte frisch poliert, und in dem Regal dahinter befanden sich ordentlich aufgereiht die Gläser. Es sah aus, als wären die Besitzer geflohen und hätten alles zurücklassen müssen. Warum war ausgerechnet dieser Raum von der Verwüstung verschont geblieben? Nur die Kunstlederpolster der Aluminiumstühle hatten Risse und waren an einigen Stellen aufgeplatzt.

»Lost place«, sagte Karl. »Das ist ein schönes Fotomotiv. So etwas kannst du dir in hippen Bildbänden angucken.« Alles wirkte wie eine Installation, wie etwas, das es niemals gegeben hatte.

Doch da waren Isabellas Erinnerungen an den verqualmten Raum, die immer vollbesetzten Tische. Hinter dem Tresen stand die Kreller Melitta, zapfte Bier und füllte die Schnapsgläser. Wenn ihr die Gläser zu voll geraten waren, trank sie den Überschuss einfach ab.

Hier trafen sich nach Schichtende die Arbeiter aus dem Wälzlagerwerk, und manche kamen auch schon vor Schichtbeginn.

Manchmal, während ihrer Schulferien, hatte Isabella den Großvater, der als Fahrdienstleiter arbeitete, von der Arbeit abgeholt. Dann waren sie »eingekehrt«, und es gab zur Feier des Tages Kartoffelsalat mit Bockwurst und rote Fassbrause. Es war ihr gemeinsames Geheimnis gewesen, denn die Großmutter war Köchin im Werk und behauptete, dass alles Essen, was sie nicht selbst gekocht hatte, krank machen würde.

Karl legte die Hand auf Isabellas Schulter: »Lass uns gehen!« Sie nahmen den Ausgang zum Bahnsteig. Die Bahnsteige sahen aus wie immer. Hier waren sie angekommen, die Arbeiter, und von hier waren sie wieder nach Hause gefahren oder an ihren freien Tagen, wenn sie den heiligen Akt des Fahrkarten-kaufens vollzogen hatten, in die Stadt. Dann bekam die Formulierung »Minkewitz ab« eine besondere Bedeutung.

Isabella sah die geschwungenen Eisenbögen, die das Dach hielten, und bemerkte zum ersten Mal die filigranen Verzierungen. Warum stand dieser Bahnhof nicht unter Denkmalschutz und war dem Verfall preisgegeben worden? Aber wahrscheinlich gab es im Land unzählige Bahnhöfe, denen das gleiche Schicksal zuteilwurde.

Isabella schrak zusammen, als sich dröhnend ein Zug näherte und mit hoher Geschwindigkeit durch den Bahnhof fuhr. Es gab keine warnende Durchsage, niemand rechnete mehr damit, dass hier jemand auf dem Bahnsteig stand. Isabella spürte die Vibration unter den Füßen, und sie sah, wie das Glas vor dem Zifferblatt der Uhr zitterte. Und plötzlich war sie wieder das Kind, das an der Hand des Großvaters staunend zusah, wie die Güterzüge, die den Stahl aus dem Wälzlagerwerk in alle Welt brachten, über die Gleise donnerten. Der Großvater konnte am Geräusch der summenden Gleise vorhersagen, welche Art Zug sich näherte. Wie gebannt blickte Isabella auf die zitternde Uhr.

»Du kannst die Zeit nicht zurückdrehen«, sagte Karl.

»Will ich auch gar nicht.«

Das Werk im Rücken liefen sie vom Bahnhof aus auf den Ort zu. Die eine Seite hatte die andere bestimmt. Minkewitz war eigentlich ein überschaubares Dorf gewesen, aber durch das Werk Haus um Haus gewachsen. Immer mehr Grundstücke waren bebaut worden, und am Ende war noch die kleine

Plattenbausiedlung dazugekommen, vier fünfstöckige Häuser, die im Ort »die Hochhäuser« genannt wurden. Damals waren es moderne Wohnungen gewesen, um die sich viele bemüht hatten. Heute standen die meisten Wohnungen leer. Die Scheiben an der Grundschule und am Kindergarten waren eingeschlagen.

Sie liefen die Straße entlang, die zur Siedlung führte. Die Schaufenster der Läden waren mit Brettern vernagelt, die Bäckerei, der Buchladen, die Gemüse-HO. Vor dem Lottoladen blieb Isabella stehen. Im Schaufenster versprach ein verstaubtes Schild einen hohen Millionengewinn. Isabella spähte durch die Scheibe und versuchte, etwas zu erkennen.

»Suchst du die Millionen?«, fragte Karl.

»Ich bin der Gewinn«, sagte Isabella. »Ich bin hier geboren.«

»Im Lottoladen? Habt ihr in diesem Haus gewohnt?«

»Nein, viel weiter hinten, in der Eisenbahner-Siedlung. Aber als die Wehen bei meiner Mutter einsetzten, sind alle in Panik geraten.«

»Und warum habt ihr keinen Krankenwagen gerufen?«

Selbstverständlich waren sich alle einig gewesen, dass es das Beste gewesen wäre, einen Krankenwagen zu rufen. Aber wie die meisten Haushalte besaßen die Großeltern kein Telefon, und die einzige Telefonzelle im Ort stand auf dem Bahnhofsvorplatz.

Über den Fortgang schieden sich die Geister. Niemand wollte auf die Idee gekommen sein, gemeinsam mit der Mutter zum Bahnhof zu gehen. Der Verdacht fiel auf den Großvater, der als Bahnangestellter in unerschütterlichem Glauben an die Macht der Eisenbahn lebte. Doch der dementierte heftig und schob die Schuld auf die Großmutter, die gesagt haben sollte, dass es schade um die bereits gekauften Rückfahrkarten gewesen wäre. Am Ende blieb der Hallodri, der sowieso an allem schuld war, denn er hatte die Schwangerschaft verursacht.

Im Nachhinein stand außer Frage, dass es klüger gewesen wäre, jemanden aus der Familie mit dem Fahrrad zur Telefonzelle zu schicken. Aber wer verhielt sich schon klug in solch einer Situation. Außerdem hätte die Telefonzelle auch kaputt sein können, und dann wäre kostbare Zeit verloren und der Zug vermutlich abgefahren gewesen. Also wurde die Mutter, in Decken eingewickelt, auf den Leiterwagen des Nachbarn gelegt und mit vereinten Kräften in Richtung Bahnhof geschoben. Die füllige Großmutter lief voran und wedelte mit den Armen, als müsse sie auf der leeren Dorfstraße für freie Bahn sorgen, gefolgt von dem Leiterwagen, der an dem einen Holm vom Hallodri und an dem anderen vom Großvater geschoben wurde. Auf der Hälfte des Wegs traf die ungewöhnliche Prozession auf die Verkäuferin des Lotto- und Zigarettenladens, die ihren Pudel Gassi führte und sich erbot, ihr Diensttelefon für einen Anruf zur Verfügung zu stellen.

In dem Glauben, dass der Krankenwagen in wenigen Minuten da sein würde, gab die Großmutter den Befehl, die Fahrt zum Bahnhof abzubrechen und die Mutter auf einen Stuhl neben den Ladentisch zu setzen. Doch die Dringliche Medizinische Hilfe machte ihrem Namen keine Ehre, der Mann am Telefon sprach von einer längeren Wartezeit, da die meisten Sanitäter samt Krankenwagen zur Sicherung der Feiertagsparade in die Hauptstadt abberufen worden waren. Er tröstete mit der Erfahrung, dass es beim ersten Kind sowieso Stunden dauerte, bis die eigentlichen Geburtswehen einsetzten. Ein Irrtum, denn die Mutter wand sich bereits im Minutentakt. Es blieb die Gemeindeschwester, die versprach, schnellstmöglich per Moped in den Laden zu kommen. Isabellas erster Schrei ging unter im Sirengeheul des Krankenwagens, der es endlich aufs Land geschafft hatte. Genau in jenem Augenblick, in dem der Notarzt den Laden betrat, rief die Hebamme: »Ein Mädchen!«, und reckte Isabella, die noch an der Nabelschnur hing, für alle sichtbar in die Höhe. Und der Notarzt, der seine verspätete Ankunft mit aufgesetzter Heiterkeit herunterspielen wollte, fragte: »Wie soll das Glückskind denn heißen?«

In das einsetzende Schweigen hinein sagte der Hallodri zu seiner auf dem Boden liegenden Frau: »Nenn sie doch Isa, wie deine Mutter!« Und auch wenn er vermutlich einen Scherz machen und sich damit für den Mohnkuchenblick rächen wollte, war der Name damit in der Welt. Das Gesicht der Großmutter bekam einen milden Schimmer, ein Leuchten fast, sie guckte beseelt, und schlagartig wurde allen anderen im Laden bewusst, dass es ausweglos war, diese Namensgebung rückgängig zu machen.

Der Mutter, die sich eine Franziska gewünscht hatte, blieb nur noch die Möglichkeit einer Milderung. Es war wie beim Dornröschen, das von einer bösen Fee in den ewigen Schlaf geschickte wurde, ein Fluch, der von einer guten Fee zwar nicht abgewendet, aber wenigstens auf hundert Jahre reduziert werden konnte. Von Isa zu Franziska war der Weg entschieden zu weit, das wusste auch die von der Geburt geschwächte Mutter, und so rief sie, bereits auf einer Trage liegend, mit letzter Kraft ein »Isabella« in die Runde.

»Isabella ist doch ein schöner Name«, sagte Karl, »Isabella Kaiser, das klingt nach einer Lottokönigin!«

»Leider habe ich Herrn Krause geheiratet«, sagte Isabella. »Damit war der Zauber vorüber. Für immer.«

»Dann knack wenigstens den Jackpot von der Fernsehfirma, oder weshalb sind wir hier?«

Isabella stöhnte auf und lief dann langsam weiter. Zuerst kam die alte Siedlung und dann kurz vor dem Waldrand die Eisenbahner-Häuser. Die Tannen in den Vorgärten hatten alle eins gemeinsam. Sie überragten die Dächer um mehrere Meter. Isabella hatte dafür das Wort gefunden: Wiedervereinigungstannen.

Früher war der Weihnachtsbaumkauf eine Glücksache gewesen. Verpasste man die Lieferung, dann blieben nur die verkrüppelten Exemplare zur Auswahl, die niemand gewollt hatte. Einmal hatte der Hallodri zwei Bäume gekauft, die Äste an jeweils einer Seite abgeschnitten und die Stämme in der Mitte zusammengebunden. An ebenmäßig wachsende Nordmanntannen war damals nicht zu denken gewesen. Umso größer war die Freude, als nach dem Mauerfall in den neuen Gartenmärkten Weihnachtsbäume im Topf auftauchten. Gut gewachsene Tannen, die nach dem Weihnachtsfest nicht weggeworfen werden mussten, sondern ihren Platz in den Vorgärten fanden. Anfangs noch niedliche Bäumchen, waren sie nun ihren Besitzern über den Kopf gewachsen und überragten auch die Dächer. Um dem Wuchs Einhalt zu gebieten, gab es mehrere Möglichkeiten. Einige Baumbesitzer hatten die Spitze gekappt, andere stutzten die Bäume an den Seiten. Doch sowohl die »Kopf ab«- als auch die Spindelvarianten wirkten gleichermaßen hässlich und zeugten von einem gedankenlosen Lauf in die neue Welt.

Auch das Haus der Großeltern tarnte sich hinter einer Tannenbaumwand. Es war das letzte Haus im Ort. Dahinter begann der Wald, der ausschließlich aus Laubbäumen bestand. Umso fremder wirkten die Tannenbäume im Vorgarten. In Isabellas Kindheit hatten hier Sonnenblumen gestanden. Im Garten hinter dem Haus rankten Rosen zwischen den Beerensträuchern, die Tomatenpflanzen teilten sich das Beet mit den Ringelblumen, die Bohnen mit der Petersilie. Bei den Blumen war es, als wolle die eine die andere übertreffen. Im Frühjahr blühten die Traubenhyazinthen, Narzissen und Tulpen. Dann die Vergissmeinnicht und die Maiglöckchen. Im Sommer kamen die Rosenbüsche dazu, der Rittersporn, Phlox, Salbei, Lavendel und dann die Sonnenblumen, die Isabella so liebte. Im Herbst band Großmutter die schweren, nach unten hängenden Köpfe mit Tüchern zu, damit die Kerne in Ruhe reifen konnten und die voreiligen Meisen sich ihr Futter nicht schon vor dem Winter holten. Dann roch der Garten nach frischer Erde, nach den würzigen Chrysanthemen und dem feuchten Laub der Blätter.

Jetzt hatten Brennnesseln und Holundersträucher von den Beeten Besitz ergriffen. Die Kaninchenställe gegenüber der Jauchegrube waren eingefallen. Seit dem Tod der Großeltern stand das Haus leer. Es fanden sich keine neuen Mieter.

Isabella stieg auf den Deckel der Jauchegrube. Hier hatte sie ihre ersten Auftritte gehabt. Zuschauer waren die Kaninchen gewesen: Schneeweißchen, Pünktchen und die Pechmarie. Die Kaninchen wechselten, die Namen blieben, so mussten sie sich nicht jedes Jahr umgewöhnen, da war der Großvater ganz pragmatisch gewesen.

Beim Betreten ihrer »Gartenbühne« hatte Isabella immer, in Abwandlung des beim Rodeln üblichen »Bahn frei, Kartoffelbrei!«, »Bühne frei, Kartoffelbrei!« gerufen. Am Anfang hatte sie den Kaninchen Märchen vorgespielt und später dann ihr Repertoire um die Szenen, die sie bei Frau Magda gelernt hatte, erweitert.

Egal ob sie die böse Hexe oder das Gretchen war, bei all ihren Auftritten hatten die Kaninchen hinter dem Drahtgitter in der ersten Reihe gesessen und gebannt zu Isabella gesehen.

»Du hast sie verhext«, sagte Karl.

»Musste ich gar nicht. Ich habe Löwenzahn vor ihre Käfige gelegt, damit sie in meine Richtung guckten.«

»Bist du das, Isabella?«, rief eine heisere Stimme. Isabella zuckte zusammen und stieg vom Deckel der Jauchegrube. Die Stimme kam ihr bekannt vor, und dann erkannte sie auch die Frau. Es war die Kreller Melitta. Sie wohnte noch immer schräg gegenüber. Früher war sie selten zu Hause gewesen, und wenn sie zu Hause war, hatte sie meist geschlafen. Sehr zum Missfallen der Großmutter, denn im Garten der Krellers wuchsen ausschließlich Unkraut und Löwenzahn, und bei Ostwind wehten die Samen über die Straße auf die Beete der Großmutter, die Sommer für Sommer das »liederliche Weibsbild« verflucht hatte. Doch der Spruch der Großmutter »Unkraut vergeht nicht!« bewahrheitete sich im doppelten Sinne.

Melitta Kreller war Isabella schon immer alt erschienen. Die vielen Stunden hinter dem Tresen hatten das Gesicht schon früh gezeichnet, und der Zigarettenrauch hatte die Stimme rau gemacht.

Doch nun, da sie in Melittas »guter Stube« saß und die goldene Krone mit der verschnörkelten »70« sah, die auf dem Gummibaum thronte, wurde Isabella bewusst, dass die Kreller Melitta viel jünger war, als sie immer gedacht hatte.

»Darauf trinken wir einen!«, sagte Melitta, holte die Schnapsgläser aus der Schrankwand und dann die Flasche Nordhäuser Doppelkorn aus der Hausbar. Beim Eingießen guckte sie, als müsse sie eine schwierige mathematische Aufgabe lösen. Sie konzentrierte sich darauf, die Gläser in gleicher Höhe zu füllen, doch wie immer gelang es ihr nicht. Sie trank rechts einen Schluck ab und dann links, bis der Füllstand auf einer Höhe war.

»Auf uns!« Melitta lachte, bis sie husten musste, und trank ihr Glas in einem Zug leer.

»Warst du im Werk?«

»Nein, aber im Bahnhof. Es ist merkwürdig, alles ist zerstört, nur die Gaststätte nicht.«

»Wie sagte deine Großmutter? Auf einem Bein kann man nicht stehen!« Melitta griff wieder nach der Flasche.

»Danke, ich muss fahren«, sagte Karl. Und hielt die Hand über sein Glas.

»Hab dich nicht so!«, sagte Melitta und gab Karl einen Klaps auf die Finger. »Hier wird getrunken, was auf den Tisch kommt!«

»Er ist aus dem Westen«, sagte Isabella und bereute es sofort.

»Macht nichts«, sagte Melitta, »die gehör'n doch jetzt zu uns.« Und goss die Gläser wieder voll. »Ich gehe jeden Tag hin, wische Staub, poliere die Gläser. Manchmal kommt einer vorbei, der Schubert Bernd aus TKO oder der Kalisch Peter aus der BGL.« Sie stutzte, sah Karl an, räusperte sich und sagte dann deutlich artikulierend: »Technische Kontrollorganisation! Betriebsgewerkschaftsleitung! Prost!« Wieder trank sie das Glas mit einem Zug leer.

»Es ist alles, was ich noch habe. Soll ich hier allein rumsitzen? Heinz ist nun auch schon zwanzig Jahre tot. Der würde sich im Grabe rumdrehen, wenn er das alles sehen müsste. Abgewickelt! Als wäre das Werk ein Wollknäuel!«

Sie schraubte an der Flasche und deutete mit einer Handbewegung an, dass Isabella das Glas über den Tisch schieben sollte. »Aller guten Dinge sind drei!«

Karl nippte nur an seinem Glas und bekam dafür einen strafenden Blick.

»Erst gehe ich auf dem Friedhof Blumen gießen, dann in meine Kneipe und gieße mich. Basta!« Melitta lachte heiser.

Schon früher galt sie als zäh, als eine, die alle aus dem Werk unter den Tisch trinken konnte. Sie hatte ein hageres Gesicht, das jetzt mit tiefen Falten durchzogen war. Doch ihre Augen wirkten immer noch jung, und es schien, als könne die Kreller Melitta mit ihren Augen lachen.

Isabella merkte, wie der Alkohol zu wirken begann, und sah hilfesuchend zu Karl.

»Ist irgendetwas?«, fragte Melitta.

»Na ja«, sagte Isabella, »ich habe da ein Problem.«

»Ach was«, sagte Melitta, »dann gib dein Glas her!«

Isabella erzählte von ihrem Auftrag. Melitta winkte ab. »Die wollen doch nicht wirklich wissen, wie es uns geht.«

»Es geht eher um früher!«, sagte Isabella.

»Auch das will niemand wissen.«

Erst nachdem Isabella mit dem siebten Glas mit Melitta »Auf die sieben Zwerge« angestoßen hatte, bekam sie die Zusage für eine Probeaufnahme und dazu noch mehrere Adressen von ehemaligen Stahlwerkern.

»Aber mach keinen Unfug damit«, rief ihr die Kreller Melitta hinterher. »Das sind alles fesche Männer! Zumindest waren sie es mal!«, und lachte ihr meckerndes Lachen.

Zurück an der frischen Luft musste sich Isabella an Karl festhalten, der sich nach dem zweiten Glas standhaft dem Trinken verweigert hatte.

Sie liefen in Richtung Bahnhof. Erst jetzt sah Isabella, dass in einigen Siedlungshäusern, versteckt hinter den Wiedervereinigungstannen, noch jemand wohnte. Der Ort war gar nicht so verlassen, wie er Isabella auf den ersten Blick erschienen war.

Festgeklammert an Karl, versuchte sie, möglichst gerade zu laufen. Aber wem sollten es die Leute weitererzählen, dass sie betrunken gewesen war?

»Und warum sind sie hiergeblieben und nicht in eine andere Gegend gezogen?«, fragte Karl.

»Weil ihnen vierzig Jahre lang beigebracht worden ist, zu bleiben, wo sie waren«, sagte Isabella.

6

Isabella saß auf der Rückbank neben der Praktikantin. In der Stadt hatte sie sich noch sicher gefühlt, doch hier in den kleinen Ortschaften sah alles so beliebig aus. Seit sie diesen Auftrag hatte fühlte sie sich als Voyeurin, die an etwas teilhatte, das nicht für sie bestimmt war.

Aber vielleicht war es auch die Scham, etwas vorzeigen zu müssen, von dem sie nicht sicher war, ob es taugte. So wie man als Kind im Wartezimmer beim Arzt sitzt und merkt, dass man sich die Hände nicht gewaschen hat, und ins Sprechzimmer gerufen wird.

Der Fuchs sah aus dem Fenster, als führen sie durch eine Museumslandschaft. Isabella erinnerte sich, dass sie einmal in Florida in einem kleinen Zug durch die Werkstätten der MCM-Studios gefahren war. Erst hatte sie gedacht, dass es ein Museum wäre, aber dann saßen da tatsächlich Menschen und nähten Kostüme. Sie hatte sich geschämt, dass sie anderen beim Arbeiten zusah. Hier war es anderes, hier arbeitete niemand mehr. Hier war nur eine geschundene Landschaft zu betrachten.

»Hier ist alles so grau«, sagte der Fuchs.

»Im November ist es überall grau«, sagte Isabella.

»Wurde hier nicht früher Kohle gefördert?«, fragte die Assistentin.

»Aha«, sagte der Fuchs, »die Zeche Zollverein des Ostens.«

»Genau«, sagte die Assistentin.

»Im Ruhrgebiet ist es aber hübscher«, sagte der Fuchs. »Hier ist überall nur Brachland?«

»Es waren auch Tagebaue und keine Zechen«, sagte Isabella.

»Man hätte es auch rekultivieren können«, sagte der Fuchs.

»Das war hier ein sehr langer Prozess«, sagte Isabella.

»Na ja«, sagte der Fuchs, »es waren immerhin fast dreißig Jahre Zeit.«

»Genau«, sagte die Assistentin.

»Es ist wegen der Teerseen«, sagte Isabella. »Es gibt Probleme mit dem Grundwasser.«

»Teerseen? Jetzt übertreiben Sie aber!«, sagte der Fuchs und zwinkerte der Assistentin zu.

Von den Teerseen hatten sie erst nach dem Mauerfall erfahren. Umweltschutz war kein Thema für die Öffentlichkeit, und es gab nur wenige Aktivisten, die den Mut hatten, darauf aufmerksam zu machen. Ihnen drohte damals Strafverfolgung, und viele Menschen, die direkt in der Nähe wohnten, fügten sich in das scheinbar Unabänderliche. Teerrückstände entstanden bei der Heizöl- und Benzinherstellung oder im Kraftwerk bei der Verschwelung. Selbstverständlich hätte es andere Entsorgungsmethoden gegeben, aber die einfachste Variante war, und das schon seit Gründung der Fabriken nach dem ersten Weltkrieg, den Teer in die nahe gelegene Auenlandschaft zu leiten. Und so waren verschiedene Seen entstanden, die sich vor allem im Sommer, wenn sie von der Sonne erwärmt wurden und stanken, in die Erinnerung der Bewohner der nahe liegenden Ortschaften brachten. Dann hielten eben alle ihre Fenster geschlossen und blieben in ihren Wohnungen.

Alle lebten mit der Einsicht in das scheinbar Unabänderliche. Bei Großmutter Isa war es die Nähe zum Wälzlagerwerk. Sie vermied bei Westwind, die Wäsche in den Garten zu hängen, denn dann näherte sich der Feind, ein rötlicher Staub, der aus den Schloten herüberwehte. Irgendwann würde der Wind schon wieder drehen.

Sie fuhren zur Tante Ulla, der Schwester der Kreller Mellita. Tante Ulla war die Kindergärtnerin in Minkewitz gewesen.

Wenn Isabella bei der Großmutter zu Besuch war, hatte sie manchmal durch den Zaun den Kindern beim Spielen zugesehen. Den »Neumann-Reini« und den »Schubert sein Thomas« kannte Isabella aus der Nachbarschaft. Und manchmal hatte Tante Ulla Isabella herangewinkt, und sie durfte in dem Garten mit den anderen Kindern spielen. Es gab eine Wippe, eine Rutsche und ein Karussell, und vor allem gab es Spielkameraden.

Wenn sich Kinder stritten, stemmte Tante Ulla die Hände in die Hüften, wackelte mit dem Kopf und sagte: »Soll ich etwa schimpfen?«

»Ja, ja, ja!«, riefen dann alle Kinder.

Und Tante Ulla rief: »Potzblitz, Donnerwetter, mein lieber Scholli noch mal, jetzt ist aber Schluss!« Dabei bebte ihr mächtiger Busen, und alle Kinder lachten, und auch Tante Ulla.

Das Gespräch mit einer Kindergärtnerin war der ausdrückliche Wunsch des leitenden Redakteurs gewesen, der meinte, dass die sozialistische Erziehung ein wesentlicher Bestandteil des Films sein müsse.

Tante Ulla war immer noch von kräftiger Statur, wenn auch kleiner geworden, und Isabella fragte sich, was wohl aus ihr selbst im Alter werden würde, wenn auch sie schrumpfte.

Bereits im Hausflur von Tante Ullas Haus hingen gerahmte Fotos von Kindergartengruppen, die Bilder waren mit der jeweiligen Jahreszahl versehen. Die Galerie zog sich über den Treppenaufgang bis hinauf in die Küche.

Der Kameramann blickte fragend zum Fuchs.

»Die sehen ja alle fröhlich aus«, sagte der Fuchs.

»Vielleicht wurden sie gezwungen«, sagte die Assistentin.

Tante Ulla wurde in einer Kinderbild-freien Zone vor ihrer Schrankwand platziert.

»Das ist die Schrankwand ›Kompliment‹, die habe ich seit über vierzig Jahren«, sagte Tante Ulla.

»Konnten Sie sich keine neue leisten?«, fragte der Fuchs.

»Aber wieso?«, sagte Tante Ulla. »Die ist doch noch wie neu?«

Tante Ulla war eine Ausnahme. Viele andere waren der Versuchung erlegen. Selbst Isabellas Mutter hatte sich nach dem Mauerfall eine neue Küche gekauft und das schöne alte Küchenbuffet auf den Containerplatz schaffen lassen. Gerade noch hatten sie sich verzehrt nach »Doppelliege Dagmar«, »Sitzgruppe Giebichenstein« und »Schrankwand Kompliment«, um dann alles plötzlich auf den Müll zu werfen und gegen Möbel aus der »neuen Welt« einzutauschen. Sie mussten dazu nicht einmal aus dem Haus gehen. Die Versandhauskataloge waren zuerst da, gefolgt von den Reisekatalogen. Dann kamen die Wochenmärkte mit Lederjacken und Yucca-Palmen und schließlich die neuen Kaufhäuser. Es waren Sehnsuchtsläden, mit denen viele den Wunsch verbanden, dass nach einem Einkauf das alles besser werden müsse, am liebsten das ganze Leben.

All das war Isabella vor einigen Jahren in einem Antiquitätenladen nahe der nordirischen Grenze bewusst geworden. Es war eine riesige Halle, in der sich all die Dinge stapelten, von denen sich die Bewohner der umliegenden Orte in einer ersten Euphorie getrennt hatten. Bedenkenlos hatten sie dem bevorstehenden Aufschwung einen Kredit gegeben, und hier sah Isabella klarer als damals im eigenen Land, dass der Tausch nicht immer von Vorteil war. Sie stand vor wunderschönen Küchenbuffets, noch schöner als das Küchenbuffet, das die Mutter damals einer modernen Pressspanküche geopfert hatte.

Isabella verglich die Iren mit den kleinen schwarzen Kobolden aus einem Computerspiel, das sie einmal besessen hatte. Kobolde, die Federbüschel schwenkend durch die Straßen taumelten, um dann irgendwann zu zerplatzen. Aus der Traum.

Warum erkannte man diese Dinge immer nur bei anderen? Auch hier im Ort hatten viele ihre Einrichtung komplett weggeworfen. Die Dinge, die aus der DDR kamen, galten nichts mehr.

Tante Ulla war dabei erstaunlich standhaft geblieben und hatte ihre Schrankwand behalten, die sich nur unwesentlich von ihren westdeutschen Schwestern aus den Möbelmärkten unterschied.

Der Fuchs interessierte sich nicht für diese Details. Er sah sich nicht um, wirkte seltsam abwesend und wachte erst auf, als die Kamera endlich eingerichtet war: »Dann erzählen Sie mal«, sagte er, »wie war der Tagesablauf im Kindergarten?«

»Na ja, die ersten Kinder kamen früh um sechs«, sagte Tante Ulla. »Die haben dann erst einmal still am Tisch gesessen und gespielt.«

»Sie durften sich also nicht bewegen?«

»Doch«, sagte Tante Ulla, »aber die waren doch noch müde.«

»Und warum sind sie dann nicht später gekommen?«

»Na, weil die Schicht begann.« Tante Ulla guckte verdutzt. »Und um acht gab es Frühstück. Und danach begannen die Beschäftigungen.«

»Was heißt Beschäftigungen?«

»Wir haben gebastelt, gesungen, geturnt …«

»Und das ist Ihnen alles vorgegeben worden?«

»Es gab einen Plan, der nannte sich ›Bildungs- und Erziehungsplan‹. Da mussten wir eintragen, was unsere Ziele waren. Also zum Beispiel beim Malen, da hieß das Farben und Formen vermitteln.«

»Gab es auch politische Ziele?«

»Auch«, sagte Tante Ulla. »Zum Beispiel mussten wir über den ersten Mai sprechen und fragen: Warum tragen wir eine

Mai-Nelke?« Sie kicherte. »Und da hat der Schubert, Thomas, geantwortet: ›Damit wir sie nicht verlieren!‹« Tante Ulla lachte ihr dröhnendes Lachen, und wie früher bebte dabei der ganze Körper.

»Aber Sie mussten nach diesem vorgegebenen Schema arbeiten?«

»Warum nicht? Ordnung muss sein!«

»Und Sie waren auch verpflichtet, Militärspielzeug einzukaufen?«

»Das habe ich weggeschlossen, das gab nur Streit. Die haben auch so geschossen mit jedem Stock, den sie finden konnten.«

»Aber ...«, der Fuchs suchte auf seinem Zettel nach einer neuen Frage, und Isabella wusste, was jetzt kam, das Bild, auf das alle Kindergärten und Kinderkrippen der DDR im Nachhinein reduziert wurden: eine Reihe auf dem Topf sitzender Kinder. Die Toiletten hatten oft keine Trennwände und Türen, und auch im Waschraum war »Gemeinsamkeit« angesagt.

»Na ja«, sagte Tante Ulla. »Ich konnte doch die anderen Kinder nicht unbeaufsichtigt im Spielzimmer lassen?«

»Sie haben die Intimsphäre der Kinder missachtet!«

»Ist das hier ein Verhör?« Tante Ulla holte tief Luft, stemmte die Hände in die Hüften. »Potzblitz, Donnerwetter, mein lieber Scholli noch mal, jetzt ist aber Schluss!« Und sie lachte und lachte. Auch Isabella lachte, und alle anderen lachten nicht.

»Die hat bis heute nichts begriffen«, sagte der Fuchs, als sie wieder im Auto saßen.

Als Nächstes fuhren sie zum Breuer Heiner, einem Cousin von Melitta. Auch Onkel Heini kannte Isabella aus ihrer Kindheit, von seinen Besuchen in Minkewitz. Onkel Heini war ein großer kräftiger Mann, mit einer tiefen Stimme, der das Kind Isabella zwischen seine großen Hände genommen und durch die Luft gewirbelt hatte. Noch einmal und noch einmal!

Er arbeitete im Kraftwerk der »Alten Dame«, wie er das Werk nannte, in dem alles schon damals ein wenig in die Jahre gekommen war. Seine Aufgabe war die Beschickung der Trockenkammern mit der Kohle aus den Schwelhäusern. Dreißig Jahre lang hatte er diese Arbeit gemacht und nie daran gezweifelt, dass er bis zu seinem Rentenalter im Werk bleiben würde. Doch dann war alles anders gekommen, und er hatte dankbar sein müssen, dass er beim Abriss seines Werks helfen und die Trümmer beseitigen durfte. Schon allein das Abtragen der vergifteten Erdschichten hatte Jahre gedauert. Die Zauberworte in dieser Gegend hießen ABM-Maßnahme und Vorruhestand, eine reguläre Arbeit hatten nur wenige gefunden.

Onkel Heinis Vorgarten wirkte sehr gepflegt. Kein Blatt lag auf dem Rasen, der Kies war frisch geharkt und die Beete mit Rindenmulch abgedeckt. Unter der obligatorischen Wiedervereinigungstanne standen zwei geschnitzte Rehe, und auf dem Fensterbrett saß ein geschnitztes Eichhörnchen. Das Kamerateam war bereits da, und der Fuchs deutete mit einem Nicken auf die Rehe, und der Kameramann nickte zurück. Isabella bedauerte, dass es keinen geschnitzten Fuchs gab.

Onkel Heini empfing sie an der Haustür. Nur seine riesigen Hände ließen den stattlichen Mann von einst ahnen.

»Oh, so viele«, sagte er, als er das ganze Team erblickte. Das Wohnzimmer war winzig und besetzt von einer wulstigen geblümten Polstergarnitur. Auf dem Couchtisch lag eine weiße, frisch gebügelte Decke. Darauf standen vier Sammeltassen, kobaltblau mit Goldrand. Großmutter Isa wäre bei diesem Anblick neidisch geworden.

»Wie sollen wir denn hier arbeiten?«, rief der Fuchs. »Können wir den Tisch irgendwohin tragen?«

»Ich dachte, wir trinken erst einmal einen Kaffee?«, fragte Onkel Heini.

»Später«, sagte der Fuchs.

Der Kameramann trug mit seinem Assistenten den Tisch und einen Sessel in den Flur. Und bestätigte damit schon einmal eine der drei Lügen des Fernsehens: »Wir sind gleich wieder weg. Wir räumen nichts um. Und wir schicken Ihnen eine DVD zu.«

Hilflos saß Onkel Heini in seinem karierten Hemd auf der geblümten Couch.

»Um Himmels willen! Das geht gar nicht!«, rief der Fuchs. »Gibt es hier eine Decke?«

»Aber das Sofa ist doch ganz neu!« Onkel Heini stand auf und ließ zu, dass sein Sofa mit einer Wolldecke abgedeckt wurde.

Endlich war die Kamera eingerichtet.

Onkel Heini saß auf seinem abgedeckten Sofa, die Schultern gebeugt, die großen Hände zwischen die Knie gepresst.

Doch während er erzählte, straffte sich sein Körper, und die Hände fuhren zur Unterstreichung seiner Worte durch die Luft. Und der Kameramann stöhnte auf.

Onkel Heini erzählte von seiner Arbeit an den Trockenkammern. Nur trockene Kohle brachte den notwendigen Wirkungsgrad bei der Stromerzeugung. Das Kraftwerk war unersättlich. Wenn jemand krank wurde, fuhren sie klaglos Doppelschichten und schafften es immer wieder, die »Alte Dame« zum Dampfen zu bringen.

»Und am Ende blieb Teer übrig?«, fragte der Fuchs lauernd.

»Nein«, sagte Onkel Heini.

Der Fuchs drehte sich triumphierend zu Isabella um.

»Das passiert bei der Verkokung. Bei uns waren es flüchtige Teerverbindungen. Mehrere Tonnen am Tag.«

»Aber das hat doch gestunken?«

»Ja«, sagte Onkel Heini, »aber wir brauchten ja den Strom.«

Es war ein simpler Vorgang gewesen. Die Temperatur wurde einfach erhöht, damit der Trockenprozess schneller ging, und dadurch ein buntes Gemisch an Schadstoffen freigesetzt.

Immer wieder gab es Pläne, das Werk, das tatsächlich schon eine »alte Dame« war, stillzulegen, aber immer wieder wurden diese Pläne verworfen. Das Werk wurde gebraucht, und selbst mit dem Wissen, dass es eine Havarie geben könnte, weiter auf Verschleiß gefahren. Und Onkel Heini stand bis zur letzten Schippe Kohle am Trockenofen.

»Sie hätten sich wehren müssen«, sagte der Fuchs.

Onkel Heini hielt ein, sah den Fuchs aus seinen wasserblauen Augen an, zuckte mit den Schultern und sagte: »Tja.«

»Na, das war auch wieder nichts«, sagte der Fuchs, als sie im Auto saßen.

Sie fuhren in Richtung Minkewitz. Am Wegrand lag das neue Kraftwerk, ein UFO aus Stahl und Glas, umgeben von Feldern aus bläulich schimmernden Kollektoren. Bei Sonnenschein erschien die Landschaft als gleißende Verheißung. Es war eine der modernsten Solarstromanlagen der Welt, der immer wieder ersehnte »Platz an der Sonne«.

»Was das an Fördergeldern gekostet hat!«, sagte der Fuchs. »Und dann regen die sich auf!«

»Und alles von unserem Solidaritätszuschlag«, sagte die Assistentin.

»Den bezahlen wir auch«, sagte Isabella.

Es war schwer zu erklären und widersprach jeder Logik. Selbstverständlich stand jetzt hier in der geschundenen Landschaft ein emissionsfreies Kraftwerk. Neueste Technik, Weltspitze, etwas, worauf man stolz sein konnte. Einst waren hier durch die vielen Schadstoffe die Blätter bereits im Sommer von den Bäumen gefallen und die Fensterbretter an jedem Morgen rußgeschwärzt gewesen. Die Wäsche wurde im Haus getrocknet und die Fenster möglichst geschlossen gehalten. Und einmal abgesehen von diesen »Unannehmlichkeiten« waren in dieser Gegend die schweren Atemwegserkrankungen und Krebsfälle um ein Vielfaches höher als an anderen Orten im Land. Und trotzdem.

Trotzdem war das alte Werk für 6000 Beschäftigte Heimat

gewesen, eine Heimat, die sie klaglos mit Presslufthämmern und Baggern abgerissen hatten. Und nun?

Das neue Werk lief automatisch und benötigte zur Überwachung der technischen Vorgänge nur zwei Beschäftigte, die der neue Betreiber mitgebracht hatte. Da war die Bewachung des Geländes mit immerhin zehn Schäferhunden und vier Wachleuten schon beschäftigungsintensiver. Blieben 5996 Frührentner, Arbeitslose und ABM-Kräfte. Den meisten hatte für einen Neuanfang die Kraft gefehlt.

»Ich wäre hier schon längst weggezogen«, sagte der Fuchs.

Die nächste Stunde hätte den Titel tragen können: »Großer Auftritt Kreller Melitta!« Sie hatte sich als Treffpunkt die alte Bahnhofskneipe ausbedungen, worüber Isabella nicht besonders glücklich war, denn die zerstörte Bahnhofshalle würde Angriffsfläche für abwertende Kommentare bieten. Deshalb beschloss Isabella, den Zugang zur Bahnhofskneipe über den Bahnsteig zu nehmen, doch der Kameramann war schneller und stand bereits in der Halle, bevor ihm Isabella den Weg vorgeben konnte. Ihre Sorge war unbegründet. Es gab keinen Schutt mehr, keine Glasscherben, das Schalterfenster war mit einer sauber gesägten Holzplatte vernagelt und der Boden frisch gefegt. Die weit offen stehende Tür zur Gaststätte lud zum Eintreten ein. Auf den Tischen lagen gehäkelte Deckchen, und darauf standen Windlichter und Vasen mit frischen Blumen. Die Gardinen waren gewaschen und gebügelt, und der Tresen glänzte wie neu. Dahinter stand Melitta. Sie war beim Friseur gewesen, und in ihren frisch gewellten Haaren steckte ein Häubchen. Statt ihrer Kittelschürze trug sie eine schwarze Bluse mit Spitzenkragen, die neu war, was das Preisschild verriet, das ihr aus dem Kragen heraus auf den Rücken hing. Auch die weiße Kellnerinnenschürze war makellos.

»Wir wollen uns doch nichts nachsagen lassen«, flüsterte sie Isabella zu. »Wo wir jetzt ins Fernsehen kommen.«

»Wir«, das waren auch die Gäste, die an den Tischen saßen. Wie früher nach der Schicht, hatten sie sich hier versammelt. Doch es war nicht die lärmende Meute in Arbeitssachen, die diskutierten, sich auf die Schultern schlugen und Witze rissen, die einen Absacker tranken und dann noch einen, bevor sie sich auf den Heimweg machten. Das war vor dreißig, vierzig, ja fast fünfzig Jahren gewesen. Und Isabella kam die Formulierung »ein halbes Jahrhundert« in den Sinn, das klang, als müssten alle schon längst gestorben sein. Doch da waren sie, saßen an den Tischen, klein und runzlig, gebeugt und kahl, sie wirkten, als hätte jemand den Stöpsel gezogen und vergessen, sie wieder aufzublasen. Melitta hatte sie extra für Isabella noch einmal zusammengeholt. Sie hatten sich für diesen Tag schön gemacht und warteten nun mit heiligem Ernst auf das Fernsehen. Isabella musste schlucken, und am liebsten wäre sie zu jedem einzelnen hingegangen und hätte ihn umarmt.

Sie las in den faltigen Gesichtern, suchte nach Namen und nach den dazugehörigen Bildern aus ihrer Kindheit. Da war die Greta aus der Verkaufsstelle, der Gerber Heinz vom Betriebsschutz, die bucklige Margarete aus der Gütekontrolle. Isabella lächelte allen zu, auch denen, die sie nicht sofort erkannte, und alle lächelten zurück, manche mit schief sitzendem Gebiss.

»Da staunst du!«, rief Melitta mit ihrer kratzigen Stimme und kam hinter dem Tresen hervor. Sie war etwas wackelig auf den Beinen, was in diesem Fall nicht an dem Alkohol lag, sondern an den Schuhen, mit hohem Absatz, die sie nicht gewohnt war und die ihren Gang unsicher wirken ließen.

Der Kameramann filmte aus der Hand mit einer kleinen Kamera.

»Ach, neue Gäste!«, rief Melitta und lief auf den Fuchs zu. »Da wollen wir doch mal sehen, ob wir einen Platz finden!«

Der Fuchs wirkte irritiert.

Erst jetzt sah Isabella das große Schild neben der Tür: SIE WERDEN PLAZIERT.

»Das erwarten die von uns«, flüsterte sie Isabella zu, lief vor dem Fuchs her und wies ihm einen Tisch neben dem Tresen zu. »Wünschen Sie zu speisen oder wünschen Sie ein Getränk?«

»Ist das schräg«, sagte der Kameramann und richtete sein Objektiv auf den Fuchs.

»Lass das!«, sagte der Fuchs.

»Möchten Sie nicht mit uns aufs Bild?«, fragte Melitta.

»Doch, doch«, sagte der Fuchs. »Aber ich gehöre doch nicht dazu.«

»Das kann man so sagen!«

»Ich meine, ich bin der Autor. Ich führe das Gespräch!«

»Und da gehört man nicht dazu?«

Im Raum war es still, niemand hustete, niemand scharrte mit den Füßen, was bei dem Alter der Gäste erstaunlich war. Alle starrten gebannt auf den Fuchs.

Die Kreller Melitta setzte sich zu dem Fuchs an den Tisch.

»Na, dann fragen Sie mal!«

Der Fuchs stammelte: »So schnell geht das nicht!«

»Ach«, sagte Melitta, »dann doch erst einmal ein Käffchen?«

Der Fuchs schüttelte den Kopf.

»Oder lieber etwas zur Beruhigung? Wie wär's mit einem einheimischen Getränk?«

Ohne die Antwort abzuwarten, ging sie zum Tresen und kam mit einem Tablett zurück, auf dem eine Flasche Doppelkorn und zwei Gläser standen. Um den Flaschenhals war eine weiße Papierserviette geschlungen. Sie schraubte die Flasche auf, goss ein, prüfte den Füllstand der Gläser. Schon griff ihre Hand nach dem zu vollen Glas, doch dann zuckte sie zurück, als hätte sie der Schlag getroffen.

»Prösterchen!«, sagte die Kreller Melitta.

»Ist das hier immer so?«, fragte der Fuchs.

»Austrinken!«, sagte Melitta.

»Ich meine, haben Sie sich immer hier betrunken?«

»Niemals! Wir waren anständige Leute!« Sie räusperte sich. »Wir sind anständige Leute.«

»Aber die Leute mussten doch ihren Ärger hinunterspülen?«

»Welchen Ärger?«

»Na, über die schlechten Lebensbedingungen?«

»Wir haben immer nur aus Freude getrunken!« Die Kreller Melitta sah in die Runde und rief: »Stimmt's?«

Und die schweigenden Komparsen nickten zustimmend.

»Großes Kino!«, sagte der Kameramann.

Melitta griff wieder nach der Flasche. »Auf einem Bein …«
Der Fuchs war bereits nach dem ersten Glas verlangsamt und
schaffte es nicht, sich zu wehren. Der Rest war vorhersehbar.

Melitta musste nicht einmal die sieben Zwerge bemühen.
Bereits nachdem sie »ihre fünf Sinne zusammengenommen«
hatte, war Schluss. Der Fuchs nickte ein und die Komparsen sa-
hen interessiert zu, wie er immer mehr in Schräglage geriet.
Wahrscheinlich wäre er vom Stuhl gerutscht, wenn ihn die
Assistentin nicht gestützt hätte.

»Haben Sie hier keinen Kaffee?«, rief die Assistentin unge-
halten.

Und Melitta antwortete freundlich: »Den hätten Sie schon
vorhin haben können. Komplett?«

»Latte macchiato«, sagte die Assistentin.

»Hier gibt's nur Kaffee!«, sagte Melitta.

Die Assistentin hielt dem Fuchs, um ihn durch den Geruch
zu wecken, die Kaffeetasse unter die Nase. Doch der Fuchs
machte nur eine unwillige Bewegung, und der heiße Kaffee
floss ihm in den Hemdausschnitt. Immerhin war er jetzt wach
und konnte von der Assistentin zum Auto geführt werden.

»Der hätte nicht bei uns anfangen können«, sagte der Gerber Heinz.

7

Das Telefon klingelte, und es schien Isabella, als klingelte es schriller als sonst. Sie drückte auf die grüne Taste und hielt es vorsichtshalber mit einem Sicherheitsabstand von einem halben Meter vom Kopf entfernt. So ergoss sich der Schwall der Worte ins Zimmer und nicht direkt in ihr Ohr.

Es war zu erwarten gewesen. Der Fuchs hatte sich beschwert. So konnte das alles nicht gewesen sein. Das war nicht die DDR, die er in seinem Film abbilden wollte: eine uneinsichtige Kindergärtnerin, ein Kraftwerksmitarbeiter, der auch noch stolz darauf war, dass er die Umwelt verpestet hatte, und von dem Panoptikum in der Kneipe ganz zu schweigen. Wo waren denn die anderen?

»Welche anderen?«, fragte Isabella.

»Na, die man sonst aus dem Fernsehen kennt?«, schrie der Chief ins Telefon. »Denken Sie an Ihren Vertrag! Der nächste Drehtag ist in drei Tagen!«

»Ich weiß!«, schrie Isabella zurück.

»Ach, und der Autor hatte da noch eine wunderbare Idee. Er würde gern in einem Laden für Ost-Produkte drehen. Das hätte Ihnen auch selbst einfallen können!«

»Ganz sicher«, sagte Isabella.

Sie hatte keine Zeit, sich zu ärgern. In einer Stunde begann der Tanzkurs im Altenheim.

Das Heim lag außerhalb der Stadt in einer Plattenbausiedlung. Früher hatten sich alle um diese Wohnungen, die zentralbeheizt und mit einem Bad mit Wanne ausgestattet waren, bemüht. In Zeiten von Ofenheizung und Toiletten, die »halbe Treppe« lagen, waren diese Wohnungen ein Luxus gewesen. Es gab lange Wartelisten, und um der »Arbeiterwohnungsbaugenossenschaft« beizutreten, mussten neben dem vierstelligen Genossenschaftsanteil auch mehrere Hundert Aufbaustunden geleistet werden. Diese Mitarbeit der künftigen Mieter hätte durchaus eine Bereicherung des Bauverlaufs sein können. Es galt, die Wohnungen und Treppenhäuser zu reinigen, die Baustellen zu beräumen oder die Schlammwüsten vor den Hauseingängen zu glätten. Doch die freiwilligen Arbeitskräfte waren den Bauleitern eher eine Last. Sie wurden den jeweiligen Bereichen einfach zugeteilt, egal ob Bedarf war oder nicht. Und so standen einige Mieter oft, bewaffnet mit Schaufel und Besen, bereit zur Endreinigung, vor erst halbfertig gebauten Blocks. Auf diese Weise auf eine Summe von achthundert Stunden zu kommen, dauerte. Dieser Vorgang ließ sich durch »Leiharbeitskräfte« beschleunigen, Studenten, wie Isabella, die an ihrem freien Sonnabend früh um sechs Uhr auf entlegenen Baustellen standen, um zu erfahren, dass es keine Arbeit gab. Oft schrieben die gnädigen Bauleiter den jungen Frauen trotzdem acht Stunden auf, was bei einem Stundenlohn von fünf Mark vierzig Mark Verdienst bedeutete. Viel Geld, das Isabella Woche für Woche sparte und es so auf zweitausend DDR-Mark brachte, die Herr Krause, wenige Monate vor dem Mauerfall, in einen uralten gebrauchten Trabant 500 investierte. Sich über Herrn Krause aufzuregen, brachte wenig. Herr Krause war eine eigene Geschichte.

Wie auch der Trabant waren die einstmals umworbenen Plattenbauten unbeliebt geworden, und vor allem Menschen, die sich die teuren Innenstadtmieten nicht leisten konnten, zogen in diese Gegend. Das Heim lag am Rand der Siedlung. Der Sozialtrakt war nachträglich um das Haus herumgebaut worden, die Küche, der Speisesaal, die Behandlungsräume und auch der große Wintergarten, in dem Isabella jetzt ihren Kurs abhalten würde.

Immer wenn Isabella das Haus betrat, dachte sie an den Tag vor fünf Jahren, als sie die Mutter hierhergebracht hatte. Die Demenz war so weit fortgeschritten, dass sie die Mutter nicht mehr ohne Aufsicht lassen konnte. Die Mutter hatte alles neugierig betrachtet und im Foyer freundlich gefragt, ob das die neue Tanzschule sei. Und Isabella hatte genickt und die Mutter in die kleine Wohnung gebracht, die für sie von nun an das »Zuhause« sein würde. Endstation betreutes Wohnen. Wenigstens einige Möbel hatten sie mitbringen dürfen, und selbst die monströse Wagenradlampe mit den geschnitzten Tieren hatte an der Decke Platz gefunden. Es gab Dinge, die man nicht wegwerfen konnte, und Isabella fürchtete sich vor dem Tag, an dem sie diese Lampe erben würde.

Am Anfang hatte sich Isabella bei dem Gedanken, dass die Mutter Tag für Tag im Heim verbringen musste, unwohl gefühlt. Doch dann merkte sie, dass die Mutter nicht unglücklich war. Die Pflegerinnen zogen ihr jeden Tag ein frisches Kleid an und respektierten, dass die Mutter Wert darauf legte, geschminkt zu sein und einen Hut zu tragen. Und auch wenn sie vergaß, wo sich der Speiseraum befand, und regelmäßig die Orientierung im Haus verlor, versäumte sie nie, ihre Ohrringe und ihre Kette anzulegen, bevor sie das Zimmer verließ. Eine Dame blieb immer eine Dame. Oder wie es die Großmutter ausgedrückt hatte: Eine Dame blieb immer dämlich. Die Mutter lebte ausschließlich in der Vergangenheit.

Und vielleicht war diese Wohngegend, in der die Zeit stehen geblieben schien, für die dementen Heimbewohner ein Stück konservierte Heimat. »Ein Glück, dass wir hier nur zu Besuch sind«, sagte die Mutter immer beim Anblick der Plattenbauten. »Wir haben ja unsere Tanzschule.«

Oft saßen sie gemeinsam im Wintergarten und blätterten in alten Fotoalben. Dann wurde der Blick der Mutter wach, und so, wie sich damals für einen Augenblick die Blende des Fotoapparates geöffnet hatte, um diesen Moment festzuhalten, öffnete sich im Gedächtnis der Mutter die passende Erinnerung. Und plötzlich war alles wieder präsent, der Familientanzkreis, die Steptanzgruppe, die Sommerfeste auf der Terrasse mit dem Hallodri als Zeremonienmeister. In den Bäumen hingen Lichterketten und Lampions: Sonne, Mond und Sterne. Für jede Feier gab es ein Motto, zum Beispiel »Tanz in der Südsee« oder »Eine Nacht im Urwald«. Zu diesem Anlass war der Hallodri im Lendenschurz erschienen, allerdings »obenherum« stilgerecht mit Anzughemd und Fliege. Die Mutter trug ein

Kleid mit Leopardenmuster, und sie zeigte auf das Foto, das sie und den Hallodri engumschlungen beim Tanzen zeigte, und kicherte: »Ich Tarzan, du Jane.«

Manchmal setzten sich fremde Frauen zu ihnen, sahen neugierig auf die Fotos und begannen, von ihren eigenen Festen und Feiern zu erzählen, und brachten bei Isabellas nächstem Besuch ihre Fotoalben mit. Oft waren die Pappeinbände abgegriffen und die Fotos verblasst. Behutsam half Isabella beim Umblättern des Seidenpapiers, das die einzelnen Seiten voneinander trennte. Es war der Blick zurück in eine Zeit, in der die Frauen noch jung gewesen waren: Bräute, Mütter, Freundinnen, Kolleginnen. Damals waren Fotos noch etwas Wertvolles gewesen, keine Knipsebilder, die ungesehen auf einer Festplatte schlummerten. Fotografieren war eine bewusste Angelegenheit gewesen, bei der es oft nur eine Chance gab, und wehe, jemand hatte die Augen geschlossen oder stand nicht still. Viele Fotos hatten etwas Endgültiges, und es schien, als sähen die Menschen dem Betrachter direkt in die Augen. Von Besuch zu Besuch rückten die Frauen Isabella immer näher und das auch im übertragenen Sinne. Wie ein Puzzle setzten sich die verschiedenen Leben zusammen. Isabella wusste, dass Frau Kramer eine ausgezeichnete Bäckerin gewesen war und es immer Quarktorte ohne Boden zum Geburtstag gegeben hatte. Bei Frau Melzer wurde eher getrunken und gesungen, immer noch gern stimmte sie einen Schlager an.

Hin und wieder sang jemand mit, und Isabella unterstützte sie dezent beim Halten der Melodie. Bei den Schlagertexten waren ihr die alten Damen voraus und ausgesprochen textsicher. Sie hatten vieles vergessen, wie alt sie waren und manche sogar den eigenen Namen, aber die Schlagertexte waren immer abrufbar. Und an dem Tag, an dem Isabella auf die Idee kam, ihre Gitarre mitzubringen, gab es kein Halten mehr. »Schuld war nur der Bossa nova, der war schuld daran.«

Isabella sang die Hauptzeile: »War's der Mondenschein?«

Und der Frauenchor antwortete: »No, no, der Bossa nova!«

»Oder war's der Wein?«

»No, no, der Bossa nova!«

»Kann das möglich sein?«

»Yeah, Yeah! Der Bossa nova! War schuld daran.«

Und dann geschah es. Plötzlich stand die Mutter auf und stellte sich sehr gerade hin: »Arme anwinkeln, leichter Abstand. Die Dame beginnt links zur Seite, der Herr beginnt rechts zur Seite!«

Routiniert gab die Mutter die Kommandos: »Seit, Schluss, Platz! Und jetzt links, Schluss, Platz!« Mit einem eleganten Schlenker aus dem Fußgelenk stellte sie einen Fuß zur Seite und zog den anderen heran. Isabella suchte den Rhythmus auf ihrer Gitarre.

Zuerst stand Frau Kramer auf und dann Frau Schubert, gefolgt von Frau Kranz.

»Langsam schnell schnell!« Mit einer überraschenden Leichtigkeit übernahmen die Frauen die Schritte. Die Kraft reichte für drei Minuten, dann sanken alle erschöpft auf ihre Stühle. Auch wenn es nur kurz gewesen war, hatte es doch die Frauen in einen Zustand der Glückseligkeit versetzt.

Sie waren alle einmal schön gewesen, jede auf ihre Weise.

Nun waren sie zu filigranen Wesen geworden, mit dünnen grauen Haaren, durch die rosa Kopfhaut schimmerte. Sie waren zart und robust zugleich. Die Haut, einst glatte Schutzhülle des Körpers, war nun zu groß, hatte sich in Falten gelegt und war zu einem Panzer geworden, dem keine Creme etwas anhaben konnte.

Bei ihrem darauffolgenden Besuch wurde Isabella zur Heimleiterin bestellt. Sie rechnete mit einer Rüge, der Ermahnung, dass die alten Damen überfordert gewesen wären.

»Ich beobachte Sie schon seit längerer Zeit«, sagte die Heimleiterin, »Sie geben unseren Patienten ein Stück Lebensfreude zurück. Könnten Sie sich vorstellen, regelmäßig hier – nennen wir es eine Beschäftigungsstunde – abzuhalten?«

Isabella nickte überrascht.

»Ich weiß, es fällt Ihnen schwer, den Platz zu bezahlen. Ich würde mit unserer Buchhaltung sprechen, vielleicht können wir Ihnen ein kleines Stück entgegenkommen.«

Isabella nickte wieder.

Und so kam es, dass Isabella in einem Altenheim den Tanzkreis »Lebensfreude« gründete. Mittlerweile waren sie beim Walzer angelangt. Die Mutter genoss es, im Mittelpunkt zu stehen und die Anweisungen zu geben. »Rechter Fuß diagonal nach hinten! Linker Fuß seitlich anschließen!«

Nur selten musste Isabella sie unterstützen. Das Tanzen hatte zu Isabellas Kindheit gehört wie das Spielen mit Puppen und Seilspringen. Isabella war nicht in den Kindergarten gegangen. Warum auch? Die Mutter war immer zu Hause, und der Hallodri-Vater reiste, »was macht man nicht alles fürs Geld«, an den Nachmittagen ins Umland zu Schülergruppen. Und erst am Abend kamen die verschiedenen Tanzkreise in die Schule.

Tagsüber gehörte der Tanzsaal mit dem großen Spiegel nur Isabella. Sie liebte es, wenn das sanfte Morgenlicht auf das Parkett fiel und das Holz wärmte. Bei schönem Wetter stand die zweiflüglige Tür zur Terrasse offen. Die Blätter der Bäume rauschten, die Vögel hatten bereits ihren ersten furiosen Satz beendet und waren zum Allegro übergegangen. Alles war da und war doch noch im Entstehen, ein Erwachen eben.

Später hatte Isabella für sich dafür einen Begriff gefunden: »Ein Morgen wie ein Streichquartett«. Sie tanzte nach den Geräuschen der Natur, getreu der Philosophie des Hallodri: Jede Musik verlangte eine andere Bewegung, man musste es mit dem Körper erspüren. Tanzen war vollständige Hingabe an die Musik, ein Sich-Ausliefern. Nur wer aufhörte, darüber nachzudenken, welche Schritte die richtigen waren, konnte wirklich tanzen.

Im Foyer warteten schon Frau Schneider, Frau Haubold und Frau Kramer. Mittlerweile kannte Isabella alle Frauen beim Namen, sie wusste, dass Frau Schneider über vierzig Jahre lang Straßenbahnfahrerin gewesen war, Frau Haubold einen Garten mit vierzig Rosensorten besessen hatte und Frau Kramer, jene mit der Quarktorte ohne Boden, mit über achtzig Jahren noch auf dem Rennsteig gewandert war. Es waren Erinnerungen, die sie Isabella in lichten Momenten anvertraut hatten, und Isabella bewahrte all diese Erinnerungen für sie auf. Als

Isabella eintrat, kamen ihr die drei Frauen mit trippelnden Schritten entgegen und zeigten ihre Freude offen und unbefangen wie Kinder.

Sie henkelten sich bei Isabella ein und zogen sie in den Wintergarten. Es war einer der Momente, in dem Isabella froh war, so klein zu sein. Sie hieß bei allen »Die Tochter der Tanzlehrerin«. Heute freute sie sich darüber, in ihrer Kindheit war das anders gewesen. Jahr für Jahr fürchtete sich Isabella vor dem Moment, an dem am Schuljahresanfang das Klassenbuch neu eingerichtet wurde. Dann fragte der Klassenlehrer nach den Berufen der jeweiligen Eltern. Wenn Isabella »Tanzlehrer und Tanzlehrerin« sagte, dann lachten alle Schüler der Klasse. Und Isabellas einzige Genugtuung war, dass die Rache kommen würde, wenn in der achten Klasse die Tanzstunde begann und ihre Klassenkameraden ihr Unvermögen zur Schau stellen mussten.

Im Wintergarten warteten die anderen Frauen. Isabella ging nach oben, um die Mutter zu holen. Sie begannen immer mit dem Singen. Volkslieder, Schlager, auch Kampflieder. »Ich trage eine Fahne, und diese Fahne ist rot …« Voller Inbrunst sangen die Frauen diese Lieder. Auch das war Erinnerung.

Am Ende kam die Tanzstunde. Eigentlich waren es nur Tanzminuten, denn auch wenn sie sich schon gesteigert hatten, reichte die Kraft nur für maximal zehn Minuten. Es hatten sich sogar zwei Herren dazugesellt, um die es immer einen erbitterten Streit gab. Die neunzigjährige Frau Kramer kommentierte das auf eigene Weise: »Mit Männern habe ich schon mit fünfundachtzig abgeschlossen!«

Wenn Isabella die Frauen tanzen sah, dachte sie, dass es stimmte, wenn behauptet wurde, dass der Körper nichts verlernte. Nicht das Radfahren, nicht das Schwimmen und auch nicht das Tanzen. Die Frauen drehten sich wie aufgezogen, und Isabella musste immer an eine Spieluhr denken. Die ersten Runden liefen noch im zügigen Tempo, doch dann wurden die Bewegungen langsamer, der Rhythmus ging verloren, ein Aufbäumen, und dann stand alles still. Mit letzter Kraft schafften es die Frauen zu ihren Stühlen. Erschöpft blieben sie sitzen, bis die Glocke zum Abendessen rief. Liebevoll, aber bestimmt wurden die Frauen von den Pflegerinnen in den Speisesaal geführt. Und es schmerzte Isabella, dass sich niemand noch einmal umdrehte, auch nicht die Mutter. Durch die Glastür sah Isabella sie an ihrem Platz sitzen, daneben Frau Kramer mit einem Lätzchen um den Hals.

Auf dem Heimweg kam Isabella die Trostlosigkeit der Plattenbausiedlung gerade recht. Etwas in ihrer Wahrnehmung hatte sich geändert. Sie sah, was sie früher als selbstverständlich betrachtet hatte. Und sie erinnerte sich an die Worte des dünnen Herrn Krause, der ihr kurz nach dem Mauerfall prophezeit hatte, dass es Jahrzehnte dauern würde, bis sie wirklich in der Lage wären, die Dinge zu sehen, wie sie gewesen waren. Isabella hatte damals gelacht und gesagt: In drei Jahren habe ich das alles längst vergessen. Sie fuhr mit der Straßenbahn zurück in die Innenstadt, und ihr kam dieser blöde Spruch in den Sinn: »Überholen ohne einzuholen.« Die Vergangenheit hatte sie nicht eingeholt, sondern die Erinnerung war immer da gewesen und drängte jetzt danach, beachtet zu werden. Wenn schon in der Vergangenheit kramen, dann richtig, dachte Isabella, außerdem galt es, den ungeliebten Auftrag zu erledigen, und sie lief zielgerichtet zum Marktplatz.

Der Laden hieß »Haus der 1000 Dinge« und hatte erst vor kurzem seine Auferstehung gefeiert, und wahrscheinlich würden unter dem Motto »Eventshopping« bald wieder Intershops eröffnet werden. Im »Haus der 1000 Dinge« hatte es alles gegeben, was im sozialistischen Handel verfügbar gewesen war: Bohrmaschinen, Teesiebe, Scheuerleisten, Schneidebrettchen. Bei der Großmutter hieß der Laden allerdings »Haus der 999 Dinge«, denn ausgerechnet der Gegenstand, den man gerade kaufen wollte, war ausverkauft.

Isabella trat an das Schaufenster heran. Auf der rechten Seite lag ein Stapel grauer, aufgeblasener Gummiringe. Nur wer in diesem Land gelebt hatte, kannte die Bedeutung. Es waren keine Schwimmringe, keine Sitzkissen, sondern Ringe, die man unter die Wäscheschleudern legen musste, um die Schwingungen abzufangen. Die Waschmaschinen waren »Halbautomaten«, was bedeutete, dass man die Wäsche nach dem Spülen in die Tischschleuder legen musste. Alles musste geprüft werden, war die Wäsche ordentlich gepackt, war genügend Luft im Schlauch, stand die Schleuder sicher auf ihrem Untergrund. Die Inbetriebnahme war immer ein Experiment: drei, zwo, eins, Start. In dem Augenblick, in dem sich der Bügel über den Deckel spannte, begann der Flug ins All. Mit beiden Händen musste man die Schleuder halten, und je länger sie lief, umso mehr wich das Blut aus den Fingern. Jeder Fehler wurde sofort bestraft. Gab es eine Unwucht, dann hüpfte die Schleuder auf ihrem Hocker und war nur an den Körper gepresst zu fixieren. Meist fiel dann der Schlauch ab, und das Wasser lief statt in den bereitgestellten Eimer auf den Boden. Dann war Rutschgefahr im Bad, und das Wäscheschleudern wurde zu einer Zirkusnummer, die für ungeübte Artisten schmerzhaft enden konnte.

Der Laden war ein Museum der vergessenen Dinge. Wer wusste zum Beispiel noch, wozu der ovale dünnwandige Plastebehälter nutze gewesen war?

Was die Ost- und Westdeutschen einte, war die Verbannung der Milchflasche, von heute aus gesehen ein Frevel. Schon seit langer Zeit kaufte Isabella die Milch wieder in Glasflaschen. Doch damals hieß die ostdeutsche Antwort auf das Tetrapack: Milchtüte. Die Milch wurde in Folientüten verkauft. Schon eine Möhre im Einkaufsnetz genügte, um ein Loch in die Folie zu stechen. Und war es gelungen, die Milchtüte unbeschadet nach Hause zu bringen, lauerten im Kühlschrank Gefahren in Form von scharfkantigen Quarkbechern oder Killergemüse. Doch dann kam die Erlösung in Form des ovalen Plastebechers. Von nun an hatten die Milchtüten im Kühlschrank einen Panzer und durften aufrecht stehen. Und Isabella konnte dem Spruch »Chemie bringt Brot, Wohlstand und Schönheit« den Zusatz hinzufügen: »… und unverletzte Milchtüten.«

Isabella betrat den Laden. Zwei junge Mädchen standen vor einem Regal, in dem Geschenkpakete lagen. Pappkisten mit dem Aufdruck »Ostpaket« und dem Emblem der DDR-Fahne. Im Paket lagen Mokkabohnen, Knusperflocken, Bambini-Schokolade, Halloren-Kugeln, Tempo-Linsen, eine Schlagersüßtafel, eine Flasche mit dem Spülmittel Fit und eine Dose Heringsfilet in Tomatensoße. In diesem Fall irrten die verkaufstüchtigen Ostalgiker. Die Heringe waren wegen Überfischung durch Makrelen ersetzt worden. Auch der geliebte Bückling musste der geräucherten Makrele weichen, und Sprotten galten als ein Glückskauf. Fortan wurde der Hering heiliggesprochen und die Makrele als notwendiges Übel betrachtet. Doch als nach dem Mauerfall der Hering zurückkehrte und der Unterschied geprüft werden konnte, wünschten sich einige die viel kräftiger schmeckende Makrele zurück. Aber so genau schienen es die Verkaufsstrategen sowieso nicht zu nehmen, denn es gab auch Pakete zum Valentinstag. Der wiederum war eigentlich ein kirchlicher Feiertag, der vom Klassenfeind zu Konsumzwecken missbraucht wurde. Es gab also doppelten Grund, den Valentinstag in der DDR nicht zu begehen. Aber wer wusste das heutzutage noch. Verkauf war Verkauf.

Die beiden Mädchen kauften schließlich ein Paket mit der Aufschrift: »Bester Papa der Welt«. Warum der beste Papa ausgerechnet mit Knusperflocken und Spreewaldgurken geehrt werden sollte, blieb Isabella ein Rätsel. Und hatten Spreewaldgurken wie auch Christstollen und Harzer Käse nicht eine Tradition, die weit vor die Zeit der DDR-Gründung reichte? Es war geradezu so, als würden in Bayern Brezen, Weißwurst und Obazda in extra dafür eingerichteten westalgischen Läden verkauft.

Isabella hatte genug gesehen. Der Fuchs würde begeistert sein. Sie lief zum Marktplatz und stieg die Treppe zur S-Bahn nach unten.

Der Waggon war wie immer überfüllt, und es gab keinen Sitzplatz. Auf den Klappsitzen, über denen in Versalien GEMEINSAM REISEN stand, weil der Platz gleichermaßen für Fahrgäste, Kinderwagen, Fahrräder und Gepäckstücke vorgesehen war, saßen drei ältere Frauen, die, auch nachdem zwei junge Mädchen mit ihrem Fahrrad einstiegen waren, keine Anstalten machten aufzustehen. Die Mädchen gingen zum Angriff über und schoben ihre Räder bedrohlich nah an die Frauen heran. Als auch das nicht half, die Frauen zum Aufstehen zu bewegen, sagte ein Mädchen: »Sie müssen hier aufstehen, dieser Platz ist für Fahrräder!«

Die Frauen ignorierten die Aufforderung. Der Ton des Mädchens wurde schärfer: »Haben Sie mich nicht verstanden?«

Eine der Frauen blickte auf und sagte: »Wir bleiben hier sitzen.«

Daraufhin lachte das Mädchen auf und sagte: »Jaja, in der DDR sind wir immer sitzen geblieben!«

Hört das denn nie auf, dachte Isabella.

8

»Mal sehen, was uns heute für Märchen erzählt werden«, sagte der Fuchs zur Assistentin, ohne auf Isabella zu achten, die bereits im Auto saß.

Als Erstes fuhren sie zur Ernst Christel, der Primaballerina der Tanzschule, die bei keinem Ball gefehlt hatte, immer die schönsten Kleider trug und so Walzer tanzen konnte, dass es Isabella bereits beim Zusehen schwindlig geworden war. Klein und zerbrechlich hatte das Christelchen schon damals gewirkt, ein Wesen aus Porzellan und Seide, bei dem das Wort Elfe wirklich gepasst hätte, wenn diese Bezeichnung nicht bereits an die füllige Frau Magda vergeben gewesen wäre.

Das Christelchen hatte sich kaum verändert, behände lief sie voran, schwebte fast über das Parkett ihres großen Wohnzimmers.

»Na, endlich mal Platz!«, sagte der Kameramann und stellte das Stativ auf.

In der Zwischenzeit betrachtete der Fuchs die Ölgemälde an den Wänden und fragte pikiert: »Gab es so etwas in der DDR? Ich meine für Privatpersonen?«

»Nein«, sagte Isabella, »wir haben immer nur mit Buntstiften gemalt.«

Das Christelchen saß in einem Sessel. Eigentlich hockte sie nur auf der Kante, wie ein Vögelchen, das gleich wieder davonfliegen wollte. Auf dem Tisch lagen Alben mit wunderschönen schwarz-weißen Fotografien. Es waren Kopien jener Bilder, die Isabella Woche für Woche mit ihrer Mutter immer wieder aufs Neue betrachtete. Zeugnisse des vergangenen Lebens, die auch Isabellas Kindheit dokumentierten. Aber sie verzichtete darauf, dem Fuchs einen Hinweis auf das Kind Isabella zu geben. Was sie hier tat, war schon verwerflich genug. So wie Tim Thaler sein Lachen verkauft hatte, bot sie fremden Menschen Geschichten aus ihrem Leben feil.

Der Kameramann war euphorisch und konnte sich gar nicht von den Fotoalben trennen. Er zoomte die Bilder heran, schwenkte mit der Kamera über die Seiten und suchte immer wieder nach neuen Einstellungen.

Der Fuchs schien davon genervt und drängelte: »Das kannst du auch im Studio machen. Dann nehmen wir das eben mit!« Doch der Kameramann ließ sich nicht stören.

Jetzt wurde der Fuchs deutlicher und sagte im Befehlston: »Hör auf! Wir müssen erst einmal abwarten, ob das Gespräch etwas taugt.«

»Aber die Bilder sind gut!«, sagte der Kameramann.

Auch wenn die Fotos schwarz-weiß waren, gewährten sie den Blick in eine Welt, die voller Farben war. Im Mittelpunkt vieler Bilder standen der schöne Theo und sein Sohn, der Hallodri. Selbstverständlich immer in Begleitung der Mutter, die sich ihren Status als Tanzlehrerin hart erkämpft hatte. Für die

Ehefrauen, die ihre Männer bei der Arbeit unterstützten, hatte es die Möglichkeit einer Ausbildung mit abschließender Prüfung gegeben. Und so war aus einer »mitarbeitenden Ehefrau« eine ausgebildete Tanzlehrerin geworden.

Doch die »Tanzschule Kaiser« war mehr als eine Schule, an der man die Schrittfolgen der verschiedenen Tänze erlernen konnte.

Hätte es früher eine Ehrung für »Lebensfreude« gegeben, der schöne Theo wäre einer der ersten Preisträger gewesen.

Ob Fasching, Zirkusabende, Steptanz-Matinees oder Kinderfeste, im Hause Kaiser wurde immer gefeiert. Selbst eine Olympiade hatte es gegeben, bei der die Mannschaft mit einer eigens dafür entworfenen Fahne in den Tanzsaal marschieren durfte. Schöpfer war der lustige Bernie, der Mann vom Christelchen. Bernhard war ein begnadeter Steptänzer und ein ebenso begnadeter Bühnenmaler. Und so kämpfte die Kaiser'sche Olympiamannschaft vor der liebevoll gemalten Kulisse Athens auf einer eigens dafür aufgebauten Bühne.

Es gab Wettkämpfe in vielen Sportarten wie Fechten, Boxen und Schwimmen, und zwischen jeder Entscheidung kam ein Marathonläufer über die Bühne gelaufen, der von dem Christelchen, die als »kreuzrote Schwester« fungierte, mit einem Getränk versorgt wurde. Diese Medizin kam auch zum Einsatz, wenn es bei den Wettkämpfen einen Unfall gab, zum Beispiel ein Degenfechter versehentlich erstochen wurde oder ein Schwimmer ertrank. Dann kam Schwester Christel mit einer großen Spritze, verabreichte eine Schluckimpfung und erweckte den jeweiligen Toten wieder zum Leben. Es waren

Wettkämpfe, bei denen es immer nur Sieger gab. Am Ende feierten sich alle gegenseitig auf einem großen Ball, was Tanz bis in die Morgenstunden bedeutete. Isabella durfte als Kind dabei sein, solange sie wollte. Manchmal schlief sie während der Feier ein und wurde dann vom Hallodri ins Bett getragen. Sie musste nicht fürchten, etwas zu verpassen, denn sie wusste, dass es immer einen nächsten Ball geben würde und danach einen übernächsten.

Das Christelchen ließ den Kameramann gewähren und saß geduldig auf ihrer Sesselkante. Auch der Fuchs hatte sich in Position gesetzt und studierte seine Notizen. Er begann das Gespräch mit der originellen Frage: »Warum haben Sie getanzt?«

»Weil es mir Freude gemacht hat«, antwortete das Christelchen und wippte mit den Füßen.

»Wollten Sie Ihrem Alltag entfliehen?«

»Tanzen gehörte zu meinem Alltag.«

»Ich meine dem realsozialistischen Alltag.«

»Was meinen Sie damit?«

Der Fuchs schüttelte den Kopf und machte eine resignierte Handbewegung.

»Ich wollte einfach nur tanzen und schöne Kleider anziehen.«

»Die konnten Sie aber nicht kaufen?«

»Das wollte ich auch gar nicht. Ich habe sie selbst genäht!«

»Und woher hatten Sie das Material?«

»Na, aus dem Laden«, sagte das Christelchen verwundert.

»Aber den Tüll habe ich mir aus dem Westen schicken lassen.«
Sie kicherte. »Der war steifer.«

»Hier schau'n Sie mal!« Sie zeigte auf eine große gerahmte Fotografie, die an der Wand hing. »Das war mein schönstes Kleid, das habe ich bis heute noch.«

Auf dem Foto war sie mit ihrem Mann Bernhard zu sehen. Auch der lustige Bernie war bereits gestorben, wie auch der schöne Theo und der Hallodri. Es war der von der Statistik vorhergesagte Lauf der Dinge: Zuerst starben die Männer.

»Würde es Ihnen viel Mühe machen, wenn Sie das Kleid holen könnten?«, fragte der Kameramann, und das Christelchen lächelte, hüpfte von der Sesselkante und schwebte davon.

Seit ihrer Kindheit war Isabella nie wieder in dieser Wohnung gewesen, alles kam ihr gleichermaßen vertraut und fremd vor. Früher war die Wohnung erfüllt gewesen von Lachen, Gesprächen, Musik, Gläserklingen. Zwar waren Theaterleute kein fahrendes Volk mehr, aber die Umtriebigkeit war geblieben. Das Theater bot ständig neuen Gesprächsstoff, und eine Anekdote jagte die nächste. Besonders beliebt war der berühmte Regisseur Niemann, der immer wieder vorführen musste, wie er einem Schauspieler vor einer Rundfunkaufnahme offeriert hatte, dass man von nun an, als Tribut an die neue Technik, Stereo-Sprechen müsse. Und Niemann führte seinem lachenden Publikum vor, wie er dem Schauspieler gezeigt hatte, dass er die Lippen in der Mitte aufeinanderzupressen und links und rechts »vorbei-sprechen« solle. Der Schauspieler war durchaus willig gewesen, aber vermochte es nicht, dem Meister zu folgen, und sagte die Rolle am nächsten Tag »aus Unvermögen, mit der neuen Technik umzugehen« ab. Die Selbstversuche im Stereo-Sprechen sorgten bei jeder Feier für große Heiterkeit, und auch das Stereo-Trinken wurde öfter geübt, allerdings gelang das nicht einmal dem Meister selbst.

Noch bevor das Christelchen die Tür öffnete, roch es nach Mottenkugeln. Es war der Naphthalin-Geruch, den Isabella aus ihrer Kindheit kannte. Auch die Mutter hatte ihre Sachen »eingemottet«, den Pelzmantel, die Wollkostüme, die Ballkleider.

Und dann erschien das Christelchen, wobei das Wort »erscheinen« überaus berechtigt war, denn sie stand auf der Türschwelle nicht »mit«, sondern »in« ihrem schönsten Ballkleid. Isabella stockte der Atem. Das Christelchen trug ein enganliegendes Seidenoberteil mit einer Pelzboa. Der Spitzenrock war unterfüttert mit steifem West-Tüll, der über die Jahrzehnte schon ein wenig fransig geworden war und unter dem Saum, der fast bis zu den Knöcheln reichte, hervorzipfelte. Auf der Türschwelle stand ein gerupfter Engel in Gesundheitsschuhen.

»So habe ich das nicht gemeint«, sagte der Kameramann leise zu Isabella.

»Nun film doch endlich!«, sagte der Fuchs.

Als Kind hatte Isabella Stammbuchbilder gesammelt: Blumen, Tiere, Märchenfiguren. Am begehrtesten aber waren die Engel gewesen. Zarte Wesen mit weißen Flügeln und Blumenkränzen, Wesen aus einer anderen Welt, die »der Westen« hieß und die dem Himmel gleichkam. Die Glanzbilder waren als Relief geprägt. Schon allein das wäre Schönheit genug gewesen, aber zu allem Überfluss waren sie auch noch mit Silberstaub bestreut. Die »Glitzies« waren beim Tauschen nur unter großen Opfern zu bezahlen. Stammbuchbilder aus der DDR kamen dafür kaum in Frage, denn die waren aus dünnem Papier und in matten Farben gehalten, ohne jeglichen Hauch von Glanz. Gerade noch als Tauschobjekt eigneten sich die Märchenmotive, für einen einfachen Engel musste man jedoch mindestens einen kompletten Bogen anbieten. Völlig unbeliebt waren die trostlos wirkenden Blumenmotive oder Szenen aus dem Straßenverkehr, denn wer wollte seinen glitzernden Engel gegen eine Oma, die von einem Schülerlotsen über die Straße geführt wurde, tauschen?

Als wäre nichts geschehen, eilte das Christelchen mit raschelndem Ballkleid zu ihrem Sessel und setzte sich auf die Kante. Ein Vögelchen, um das Isabella gern schützend ihre Hände gelegt hätte.

Und schon betrat der Fuchs den Ring zur nächsten Runde: »Wurden Sie gezwungen bestimmte Tänze zu lernen?«

»Wir konnten tanzen, was wir wollten.«

»Wirklich?«

»Wer sollte uns daran hindern?«

Der Fuchs hatte ein Lauern im Blick, das Isabella nicht deuten konnte. »Erinnern Sie sich nicht an den Lipsi?«

»Ach so«, das Christelchen wiegte den Kopf hin und her, »den haben wir nie getanzt, der war uns zu einfach.«

»Und das durften Sie selbst entscheiden?«

»Warum denn nicht? Ich persönlich habe den Walzer sehr gemocht.« Das Christelchen wirkte verstört. Doch dann lächelte sie, beugte sich etwas vor und flüsterte: »Wissen Sie, zu Ulbrichts Zeiten mussten wir ›Walter‹ statt Walzer sagen.«

Es gab tatsächlich eine Filmaufnahme vom Walzer tanzenden Walter Ulbricht. Sie gehörte zu den Archivausschnitten, die Isabella »Zauberkasten DDR« nannte. Und selbstverständlich fanden sich darin auch Aufnahmen vom »Lipsi«, einem Tanz, der, abgeleitet von »Lipsia«, 1959 in Leipzig erfunden worden war und der den Siegeszug gegen Twist und Rock 'n' Roll antreten sollte. Die Schrittfolgen waren simpel und für jeden verständlich und deshalb für geübte Tänzer keine Herausforderung. Erfunden hatte es ein Kollege vom schönen Theo, der eine andere Tanzschule leitete. Es gab sogar einen eigens dafür komponierten Schlager: »Heute tanzen alle Leute im Lipsi-Schritt«, aber letztendlich blieb der »Lipsi« eine Fußnote der Tanzgeschichte.

Doch die Archivaufnahme eignete sich gut, um die tanzwütige DDR-Bevölkerung der Lächerlich preiszugeben und zu zeigen, dass selbst beim Tanzen die Schritte vom Staat vorgegeben wurden.

Bei den Archivaufnahmen gab es Standards, die immer wieder gezeigt wurden: Pionierchöre, Sportfeste, winkende Politiker auf Tribünen, und die den Eindruck vermittelten, sie wären der einzige Lebensinhalt aller Bürger gewesen. Und die Hitparade der Originaltöne führte Walter Ulbricht mit seinem Beat-Verbotszitat an: »Jetzt ist Schluss mit dem Yeah, Yeah,

Yeah oder wie das alles heißt«, dicht gefolgt von seiner im schönsten Sächsisch gehaltenen Versprechung: »Niemand hat die Absicht, eine Mauer zu errichten.« Nur auf Platz drei schaffte es Honeckers: »Den Sozialismus in seinem Lauf halten weder Ochs noch Esel auf.«

Je länger Isabella darüber nachdachte, umso mehr erschien es ihr wie eine Erfindung, ein Land mit einem Tischlergesellen an der Spitze, der von einem ehemaligen Dachdeckerlehrling, der nicht einmal seine Lehre abgeschlossen hatte, abgelöst wurde. Was damals nur wenige wussten: Ulbrichts Abdankung war ein Vorgang, der ganz unkollegial in geheimen Absprachen mit Moskau hinter seinem Rücken vollzogen wurde. Der Wunsch, dass er freiwillig zurücktreten möge, wurde ihm durch einen Überraschungsbesuch von Kronprinz Honecker persönlich überbracht, und es wird kolportiert, dass zur Unterstreichung der Bitte einige Kalaschnikows präsentiert wurden. In anderen Ländern hätte man dafür das Wort »Putsch« gebraucht.

Auch eines der Lieblingsthemen, die immer wieder propagierte Gleichberechtigung der Frau, war reine Heuchelei. Regiert wurde das Land von einem Klub alter Männer, bewacht von einem Geheimdienstchef, der alles mitschneiden ließ, sogar seine eigene Geburtstagsfeier. Die einzige Frau, die geduldet wurde, war eine böse Fee mit blauschimmernden Haaren, die ihre Macht dafür benutzte, die Kinder- und Jugenderziehung zu reglementieren und das Fach »Wehrkunde« einzuführen.

Zu DDR-Zeiten gab es einen gern erzählten Witz. Gesucht

wird beim Kreuzworträtsel ein »Zänkischer Zwergstaat mit drei Buchstaben«? Die Lösung hieß »DDR«. Und genau auf diesen Zwergstaat wurde die DDR auch drei Jahrzehnte nach ihrem Untergang, oft völlig humorfrei, reduziert.

Isabella war es meist peinlich, wenn sie die Bilder von »Damals« sah, und sie fragte sich, ob sie sich im Nachhinein dafür schämen musste, in diesem Land gelebt zu haben.

Ihre Antipoden hießen nicht Sozialismus und Kapitalismus, sondern Großmutter Isa und Frau Magda. Die Familie war sich selbst genug und hatte das Land ringsherum als notwendiges Übel betrachtet.

Als sich nach dem Mauerfall die Postleitzahlen änderten und die mitteldeutschen Bundesländer allesamt eine Null als Anfangszahl bekamen, die viele als »O« wie Osten deuteten, sagte Großmutter Isa nur: »Da kann uns wenigstens niemand mit denen verwechseln.« Zunehmend wurde der vorher angeschmachtete »Westen« als Feind betrachtet und Deutschland in Gewinner und Verlierer eingeteilt. Und erst jetzt wurde Isabella die Tiefe dieser neuen Teilung bewusst.

Das Christelchen saß noch immer auf der Sesselkante und wartete darauf, dass der Fuchs neue Fragen stellte, aber der hatte die Lust am Gespräch verloren und faltete seine Zettel zusammen. Der Kameramann sah es als Zeichen zum Zusammenpacken. Doch mitten in der Arbeit hielt er ein, ging auf das Christelchen zu, küsste ihr die Hand und sagte: »Darf ich bitten?« Und als wäre es die selbstverständlichste Sache der Welt, schmiegte sich das Christelchen in seinen Arm, und die beiden begannen, einen Walzer zu tanzen, einfach so, ohne Musik. Der Takt kam aus ihren Körpern heraus, und Isabella kam es vor, als würde das Christelchen führen. Nach einigen Runden setzte der Kameramann das Christelchen wieder auf der Sesselkannte ab. Und sie lächelte selig, und sie lächelte immer noch, als alle Kabel eingerollt und alle Koffer gepackt waren, und als der Kameramann die Wohnung verließ, winkte sie ihm hinterher.

Als sie die Technik nach unten trugen, sagte der Fuchs zum Kameramann: »Du riechst nach Mottenpulver!«

»Wer weiß, wie du riechst, wenn du so alt bist«, sagte der Kameramann.

9

Frau Magda roch, wie sie immer gerochen hatte: Nach Moschus.

Sie verbrachte ihren Lebensabend, wobei es im Alter von 98 Jahren wahrscheinlich schon Lebensnacht hieß, in einem Heim für pensionierte Bühnenkünstler.

Frau Magda, die Isabella, seit sie sich erinnern konnte, hinfällig erschienen war, hatte fast alle aus der Familie überlebt und für ihren »letzten Auftritt« ein Heim für alternde Schauspieler gewählt. Schon allein die Lage wurde allen theatralischen Anforderungen gerecht.

Die Villa war eingebettet in eine malerische Landschaft. Schroffe Berge, hohe Tannen, rauschende Bäche boten eine prächtige Kulisse, und auch Wind und Nebel taten ihr Bestes. Isabella hatte bei ihren Besuchen Schauspieler beobachtet, die ihre Monologe in den Sturm riefen. Auch der nur wenige Hundert Meter entfernte See bot Raum für Theatralik. Niemand sagte: »Ich gehe schwimmen«, sondern man verabschiedete sich mit großer Geste mit einem: »Ich gehe jetzt ins Wasser.« Und wenn eine der Damen öfter in der Abenddämmerung am Seeufer spazieren ging, sprach man hinter vorgehaltener Hand vom »Ophelia-Syndrom«.

Die Villa hatte einst einer Diva gehört, die wollte, dass ihr

Haus zur Heimstatt alternder Künstler wurde. Und das gut angelegte Erbe reichte auch noch für die Bezahlung des Pflegepersonals, sodass niemand der glücklichen Bewohner, trotz magerer Rente, um seine Betreuung bangen musste.

Testamentarisch festgelegt war, sehr zum Verdruss des Pflegepersonals, dass alles im Originalzustand bleiben musste. Überall standen schwere Holzschränke, Plüschsessel, Truhen, und massive Standuhren zeigten an, wem die Stunde geschlagen hatte. Nur bei den Bädern hatte man ein Zugeständnis gemacht und alles altersgerecht modernisiert. Einzig eine Sitzbadewanne, in der sich Marika Rökk bei einem Besuch geräkelt haben sollte, war erhalten geblieben und stand als vermeintlicher Jungbrunnen bei den Damen hoch im Kurs.

Noch größerer Beliebtheit, und das bei allen Bewohnern, erfreuten sich die Vorhänge, durch die viele Räume getrennt waren. Und man fragte sich gegenseitig beim Abendessen: »Wie viele Vorhänge hatten Sie heute?«

Die Auftritte begannen schon am Morgen beim Frühstück. Unverzichtbares Kleidungsstück aller Bewohner war der Schal, ob aus Wolle oder aus Seide, je länger und je edler, umso besser. Betrat Staatsschauspieler Meise-Weber den Speisesaal, warf er zuerst mit großer Geste seinen immer blütenweißen Schal über die Schulter und ließ das Wallenstein-Zitat »Dem Mimen flicht die Nachwelt keine Kränze!« folgen. Um sich dann durch das Lob der anwesenden Damen eines Besseren belehren zu lassen. Hier flochten sich alle unablässig Kränze, indem sie aus der Fülle ihres Bühnenlebens berichteten, ganz beiläufig selbstverständlich. Ophelia speiste mit Nathan, Hamlet mit Luise, und Minna von Barnhelm goss Mephisto ein wenig Wein nach.

Jeder erzählte jedem, was und vor allem mit wem er gespielt hatte, und auch Frau Magda war in Rollen aufgetreten, von denen Isabella vorher nie etwas gehört hatte. »Wissen Sie noch, damals als …«

Wenn jemand gestorben war, übernahm man die Bühnenerinnerung des Toten und machte sie zu seiner eigenen. Auf diese Weise kam es zu einem schier unerschöpflichen Repertoire, und der Gesprächsstoff für die Abendrunden am Kamin blieb erhalten. Demenz konnte in diesem Fall durchaus ein Vorteil sein, so konnte man sich immer wieder aufs Neue über die Geschichten freuen.

Kunst war unsterblich, die Mimen nicht. Auch Schauspieler starben wie normale Menschen. Sie kaschierten ihre Gebrechen durch Spiel, und nur wer noch gesund genug war, um nicht an den Tod zu denken, zelebrierte seine Krankheiten. Je stiller sie wurden, umso kränker waren sie. Dann galt auch der oft zitierte Hölderlin-Satz »Wenn der Baum zu welken anfängt, tragen nicht alle seine Blätter die Farbe des Morgenrots?« nicht mehr.

Auf der Bühne waren sie alle schon viele Tode gestorben, doch sie waren jedes Mal wieder aufgestanden, jedenfalls fast immer, wenn man von dem Unfall mit dem kaputten Degen bei Schreyer-Wiesenthal absah. Je tragischer sie gestorben waren, umso mehr Beifall hatten sie vom Publikum empfangen.

Am Ende ihres ersten Theaterbesuchs war Isabella fassungslos gewesen. Gerade noch hatte sich Julia mit dem Dolch ihres toten Geliebten umgebracht und Isabella in eine tiefe Trauer versetzt, um sich nur wenige Augenblicke später wieder vom Totenlager zu erheben und vom Publikum feiern zu lassen.

Diesen ersten Theaterbesuch verdankte Isabella überraschenderweise nicht Frau Magda, sondern Großmutter Isa, die einmal im Jahr mit ihren Kollegen im Werksbus zu einer »kulturellen Maßnahme« in die Stadt fuhr und Isabella, die gerade zu Besuch bei ihr war, mitgenommen hatte. Alle Frauen, die Isabella sonst nur in Arbeitskleidung oder Kittelschürzen kannte, trugen jetzt Kostüme und Spitzenblusen, und die Großmutter hatte sich sogar die Lippen geschminkt und ihre Ohrläppchen mit Tosca betupft. Auf einer Tosca-Wolke schwebten sie der Stadt entgegen. Es war die Stadt, in der Isabella sonst lebte, aber ihr war, als sähe sie alles zum ersten Mal, die Platanenalleen, die Jugendstilhäuser und die Straßenbahnen. Schwatzend wie eine Schulklasse auf Wandertag betrat Großmutter Isas Brigade die Eingangshalle des Theaters, und sofort wurde das Lachen von den Vorhängen und den weichen Teppichen gedämpft. Voller Ehrfurcht sah Isabella zu den Kronleuchtern empor, die über ihren Köpfen schwebten. Sie setzte sich neben die Großmutter auf das weinrote Samtpolster, das so sauber war, dass niemand ein Geschirrtuch darüberlegen musste. Der erste Gong ertönte, der zweite, die Frauen tauschten wispernd letzte Neuigkeiten aus, doch nach dem dritten Gong, als langsam das Licht erlosch, wurde es still. Im Gegensatz zum Fernsehen, das als Puffer zwischen sich und den Betrachter eine

Glasscheibe schob und alles auf Puppenstubenformat verkleinerte, waren die Menschen im Theater lebensgroß und hautnah zu erleben. Isabella saß in der dritten Reihe und damit quasi mitten in den Gassen von Verona. Sie fühlte sich als Bestandteil des Bühnenbilds, das für sie kein Bühnenbild war, sondern Realität. Sie saß gerade, mit durchgedrücktem Rücken, den Kopf nach oben gereckt, damit sie keine Bewegung, kein Wort verpasste. Auch wenn sie oft den Sinn der Dialoge nicht verstand, spürte sie: Das Theater war ein Geheimnis, an dem sie teilhaben durfte.

Heute hatte sich Frau Magda mit Hilfe einer Pflegerin in einem Thronsessel in Positur gesetzt und ihr weites Kleid in weich fallenden Falten drapieren lassen.

»Wie war das Repertoire an Ihrem Theater?«, fragte der Fuchs. Und Isabella hörte bereits wieder den lauernden Unterton.

»Normal«, sagte Frau Magda, als hätte er sie nach ihrem Stuhlgang gefragt.

»Ich meine, wie war das Verhältnis von traditionellen Stücken und nennen wir es modernen Stücken?«

»Was verstehen Sie unter modernen Stücken?«, fragte Frau Magda.

»Na, ich meine die zeitgenössischen Stücke, die es damals gab.«

»Ach, gibt es so etwas jetzt nicht mehr?«

»Stellen Sie sich doch jetzt nicht dumm«, rief der Fuchs, »Sie wissen genau, was ich meine.«

»Junger Freund«, sagte Frau Magda, »sagt Ihnen der Name Brecht etwas?«

Der Fuchs stieß einen Ton aus, der wie das verunglückte Abfahrtssignal einer Dampflokomotive klang.

»Jener Brecht«, sagte Frau Magda, »hat Stücke geschrieben, die damals zeitgenössisch waren, wenn Sie es so nennen wollen, meist sogar noch ihrer Zeit voraus. Oder zielen Sie bei zeitgenössisch eher auf das Wort Genosse?«

Der Fuchs war in Schockstarre gefallen, wie ein Tier, das in den Lauf eines Jagdgewehrs blickte.

Frau Magda ließ ihm keine Zeit, sich zu erholen, holte noch einmal tief Luft und sagte: »Und dann gab es damals zum Beispiel noch einen Herrn Braun und einen Herrn Müller. Ich gebe zu, ich habe das unterschätzt, aber rückwirkend betrachtet, war das großes Theater, wie man so sagt. Das meinen Sie doch auch, junger Freund?«

»Selbstverständlich«, stammelte der Fuchs. »Aber es gab doch auch Stücke …«

»… die wir nicht mochten«, vollendete Frau Magda den Satz und gab dem Fuchs keine Chance. »Nennen Sie es Propaganda, wenn Sie wollen. Das spielte man eben. Dagegen setzte man die anderen Stücke. Bei uns auf der Bühne blieb ein Schiller ein Schiller und ein Goethe ein Goethe. Die Interpretation überließen wir den Genossen im Publikum. Und heutzutage? Als ich das letzte Mal im Theater war … unlängst« – sie machte eine Handbewegung, die alles offen ließ –, »wählte ich ein klassisches Stück.« Sie seufzte theatralisch auf: »Hätte der Titel nicht im Programmheft gestanden, hätte ich es nicht erkannt.

Hochbegabte Schauspieler mussten den Text singen, statt ihn zu sprechen, und dabei über Neonröhren springen, die auf der Bühne herumlagen. Und nun frage ich Sie, meinen Sie das mit modern? Oder zeitgenössisch, wie Sie sich auszudrücken pflegen, junger Freund? Wenn man sich auszieht, seine Sachen verbrennt und mit wedelndem Glied über die Bühne rennt?«

Ihre Kraft war verbraucht. Erschöpft sank Frau Magda auf ihrem Thronsessel zusammen und gab dem Fuchs damit die Gelegenheit, Luft zu holen.

»Ich habe aufgehört, ins Theater zu gehen, nachdem ich alle Ensemble-Mitglieder, welch schönes Wort in diesem Zusammenhang, nackt gesehen hatte.« Der Schauspieler Elmar Hensel-Wallbusch hatte während des gesamten Gesprächs hinter dem Vorhang vom Kaminzimmer gestanden. Selbst im hohen Alter besaß er noch die Fähigkeit, geräuschlos in einer Ecke zu stehen, um auf seinen Auftritt zu warten.

»Wenn ich Ihnen das einmal etwas erklären darf, junger Mann …« Auch Opernsänger Merzheimer stand plötzlich im Raum.

Und mit einem Mal waren sie alle da: Frau Kriechberger, Herr Hebel-Kahlenberg. Über eine halbe Stunde hatten sie Frau Magda die Bühne überlassen. Doch genug war genug.

»Richtig was los hier!«, sagte der Kameramann zum Fuchs, doch der saß apathisch auf seinem Stuhl. Der Fuchs war erlegt und musste nur noch aus dem Fell geschüttelt werden.

10

Es war ein Tribunal, was sich schon allein daran abzeichnete, dass Isabella wieder einmal in der Küche warten musste, bevor sie in den Versammlungsraum gerufen wurde.

Der Kameramann warf ihr einen bedauernden Blick zu und zuckte mit den Schultern, was Isabella mit einem »Ich konnte es nicht verhindern« übersetzte.

Der Chief machte einen noch aufgeregteren Eindruck als sonst, wuselte durch den Raum und musste mehrfach aufgefordert werden, sich zu setzen. Der Fuchs dagegen wirkte provozierend entspannt, was vielleicht daran lag, dass am Ende Isabella an allem schuld sein würde. Am Tisch saßen die Redakteure, für deren Sender dieser Film produziert werden sollte. Sie waren die Geldgeber, was daran zu erkennen war, dass sie von der Assistentin ständig mit Schnittchen, Gebäck und Getränken versorgt wurden. Das Projekt folgte dem vorherrschenden Serienwahn, war auf sechs Teile festgelegt und damit sehr teuer. Das Risiko trug der Chief, der in dem Vertrag ein »von allen akzeptiertes, sendefähiges Produkt« versprochen hatte. Er hantierte hektisch an einem Beamer und eilte dann zu den Fenstern, um die Vorhänge zuzuziehen. Als er das Licht löschte, wäre Isabella am liebsten wieder in die Küche gegangen, doch der Fluchtweg war durch einen Getränkewagen versperrt.

In kurzen Sequenzen zogen die Bilder an Isabella vorüber: das Dorf Minkewitz, die geschundene Landschaft, die Holzschnitzereien in Onkel Heinis Vorgarten, Onkel Heini mit seinen großen Händen, der in einem karierten Hemd auf einer großen geblümten Couch saß. Tante Ulla, die dröhnend lachte, der große Auftritt der Kreller Melitta, die in ihren neuen Schuhen durch die Bahnhofsgaststätte stöckelte.

Als Kind hatte Isabella einen winzigen Spielzeugfernseher besessen, den ihr der Hallodri von einer Reise aus Berlin mitgebracht hatte. Mit einem Knopfdruck konnte man das Bild ändern: der Fernsehturm, die Weltzeituhr, der Tierpark.

Wie auf einen Klick erschien auf der Leinwand die Kreller Melitta mit einer Flasche Doppelkorn, noch ein Klick, und die Gläser waren gefüllt. Klick! Und der Fuchs saß mit hängenden Schultern am Tisch. Am Ende kam das Christelchen im Ballkleid.

Ein Stammbuchbild-Engel, dem durch die vielen Berührungen der Glitzer abhandengekommen war. Am liebsten hätte Isabella eine Handvoll Silberstaub über das Christelchen geworfen und den Glanz zurückgeholt, den auch Onkel Heini, Tante Ulla, die Kreller Melitta und das Christelchen für sie gehabt hatten. Aber warum? »Mehr sein als scheinen, mehr leisten und wenig hervortreten«, hatte Oma Isa immer gesagt und damit auf Frau Magda und den Hallodri gezielt. Es war, wie es gewesen war, und Isabella musste aufhören, sich dafür zu schämen.

Als das Licht wieder angeschaltet war, blieb es lange still.

»Tja«, sagte dann einer der Redakteure, der seine wenigen Haare kunstvoll über seine trotzdem noch sichtbare Glatze gelegt hatte. Und wandte sich nach einer weiteren Minute Schweigen an den Chief: »Was sagen Sie denn selbst dazu?«

»Hm«, sagte der Chief und wippte nervös mit den Füßen. »Ich bin mir nicht sicher.«

»Ich schon!«, sagte der Glatzkopf. »Was haben wir denn da gesehen? Alte Menschen, die sich nicht mehr richtig erinnern können.«

»Mich rühren diese Menschen an«, sagte eine zarte Frau, die am Ende der Tafel saß.

»Und?«, sagte der Glatzkopf, »Was nutzt uns das? Das ist doch nicht die DDR, die wir abbilden wollen. Wir brauchen Konflikte!«

Er schlug zur Unterstützung seiner Worte mit der flachen Hand auf den Tisch. »Schließlich machen wir einen Film über ein Land, in dem die Menschen, um es zugespitzt zu sagen, unterdrückt wurden!«

»Außer sie waren so dumm, dass sie es nicht bemerkt haben«, sagte der Fuchs mit einem Seitenblick zu Isabella. »Wie zum Beispiel die Kindergärtnerin.«

»Die Protagonisten hat Frau Krause ausgewählt«, sagte der Chief und zeigte auf Isabella.

»Sie müssen doch gespürt haben, dass Sie im Kindergarten bevormundet wurden«, sagte der Glatzkopf.

»Ich bin nicht in den Kindergarten gegangen«, sagte Isabella.

»In der DDR ist jedes Kind in den Kindergarten gegangen«, sagte der Fuchs.

»Hat Ihre Mutter nicht gearbeitet?«, fragte der Glatzkopf.

»Doch«, sagte Isabella, »meine Eltern hatten eine Tanzschule.«

»Sie meinen privat? So etwas gab es?«

»Die Frau in dem Ballkleid hat bei uns getanzt.«

»Die roch nach Mottenpulver«, sagte der Fuchs.

»Und warum sind eigentlich alle Protagonisten so alt?«, fragte der Glatzkopf.

»Die Mauer ist vor dreißig Jahren gefallen«, sagte Isabella.

»Aber da wird sich doch jemand finden, der ansehnlicher ist! Dieser Mann aus dem Kraftwerk, den kann man doch niemanden mehr zeigen. Wir senden im Abendprogramm, zur besten Sendezeit. Sie wollen doch auch nicht, dass alle denken, die Menschen im Osten sind alle hässlich?«

»Bei uns sind auch nicht alle schön«, sagte die zarte Frau.

»Haben Sie etwa mich angesehen?«, fragte der Glatzkopf und lächelte pikiert.

»Nein, nein«, sagte die zarte Frau und lächelte zurück. »Ich habe eine ganz andere Frage: Warum wirken alle so zufrieden? Keiner jammert, es gab doch aber Probleme?«

»So war der Alltag«, sagte Isabella. »Sie haben sich in ihrem Leben eingerichtet.«

»Eigentlich müsste die Serie heißen: Fern-Ost«, sagte die Frau. »Wir müssten noch mal ganz von vorn beginnen, neue Fragen stellen. Finden Sie nicht, dass unser DDR-Bild immer etwas einseitig war?«

»Ach was«, sagte der Glatzkopf. »Wir haben das jetzt dreißig Jahre so gemacht. Das können wir doch jetzt nicht ändern.« Und der Chief pflichtete ihm bei: »Was wir bis jetzt gesehen haben, erscheint mir alles wie ausgedacht, Frau Krause!«

»Märchenstunde!«, sagte der Fuchs.

»Die Zuschauer erwarten ein bestimmtes Bild von uns, und das müssen wir liefern«, sagte der Glatzkopf.

»Entschuldigung«, sagte Isabella, »ich bin keine Historikerin, ich habe nur in diesem Land gelebt.«

Das Gute wirkte immer banal und unwirklich und bewies Frau Magdas Grundsatz: »Das Gute ist schwerer zu spielen als das Böse!« Selbst Isabella kam jetzt das, was vorher selbstverständlich gewesen war, merkwürdig fremd vor.

»Mit Zufriedenheit macht man leider keine Quote«, sagte der Glatzkopf. »Es fehlen die wichtigen Themen: Verfolgung durch die Staatssicherheit etc. Und wo sind die Frauen, die in Männerberufen arbeiten mussten. Was wir bis jetzt gesehen haben, ist doch viel zu normal: Kindergärtnerin, Kellnerin, Schauspielerin, das sind doch alles richtige Frauenberufe. Die Frauen sahen gar nicht aus wie Männer. Wo sind die Verkehrspolizistinnen, Kranfahrerinnen und die Traktoristinnen?«

»Brauchen Sie jemanden mit Bart?«, hätte Isabella am liebsten gefragt, doch sie schwieg.

»Und was ist mit der Reisefreiheit? Sie waren doch alle eingesperrt und konnten kaum in den Urlaub fahren.«

»Wir waren immer an der Ostsee«, sagte Isabella.

»Ach was«, sagte der Glatzkopf, »Ostsee zählt nicht. Was ist mit der Republikflucht? Das muss sich doch finden lassen! Das bringt Quote.«

»Wir haben wenig Zeit«, sagte der Chief. »Uns bleiben nur noch zwei Wochen.«

»Warum haben Sie nicht früher begonnen?«, fragte die zarte Frau.

»Es gab bei der Vorbereitung kleine Schwierigkeiten«, sagte der Fuchs. »Die Suche nach Protagonisten war zäh.«

Der Kameramann grinste.

»Wir müssen nach vorn blicken«, sagte der Chief betont optimistisch. »Auch mit Hilfe von Frau Krause.«

»Ja, Frau Krause«, sagte der Glatzkopf, »Sie müssen liefern!«

»Und wenn ich nicht liefere?« Isabella sprach das Wort betont langsam aus.

Der Chief wurde blass. »Sie haben einen Vertrag!«

»Dann verzichte ich auf das Geld.«

»Das geht nicht. Dann müssen Sie Schadenersatz zahlen!«

»Wofür? Für mein Land?«

Damit war die Sitzung beendet.

Passend zu Isabellas Stimmung regnete es, als sie die Filmfirma verließ. Trotzig ließ sie den Schirm in ihrer Tasche. »Sie müssen liefern!« Was für eine Anmaßung. Als könne man die Erinnerung an ein Land mit einem Paket anliefern, wohl verpackt in Holzwolle und Polystyrolflocken.

Beim Überqueren des Alexanderplatzes klingelte ihr Handy, und sie suchte zum Telefonieren Schutz unter der Weltzeituhr. Es war Karl. »Wie war es?«, fragte er.

»Kannst du für mich die Kreller Melitta spielen?«

Sie hörte, wie Karl auflachte. »So schlimm?«

»Schlimmer«, sagte Isabella. »Ich muss liefern, ansonsten bin ich geliefert.«

»Das verstehe ich jetzt nicht«, sagte Karl.

»Ich erkläre es dir heute Abend in der Theaterkneipe.«

Es regnete stärker, und Isabella blieb unter der Weltzeituhr stehen. Wie ein begossener Pudel, dachte sie. Warum eigentlich Pudel und nicht Dackel oder Schäferhund?

Sie stand unter »Athen«, das 1985 wie auch Rom und Wien bei einer Reparatur nachgraviert worden war. Nichts war im Osten des Landes, wie es auf den ersten Blick schien. Auch die Weltzeituhr nicht. Die Umgestaltung des Alexanderplatzes war ein Geschenk zum 20. Republikgeburtstag gewesen, jenem Tag, an dem Isabella im Minkewitzer Lottoladen geboren wurde. Die Regierung wollte eine Flaniermeile schaffen, die symbolträchtig in die Zukunft wies. Und welche Bauten wären dafür besser geeignet gewesen als ein Fernsehturm und eine Weltzeituhr. »Völker, hört die Signale!« Doch schon allein ein Fernsehturm, der mit seiner Höhe vorgaukelte, er würde in alle Welt senden, war ein Zeichen von Scharlatanerie, und als was sollte man dann erst eine Weltzeituhr bezeichnen? Als einen zynischen Akt des Politbüros, das seinen Bürgern zeigen wollte, wie spät es an den Orten war, in die sie nicht fahren durften? Isabella hatte sich immer gefragt, ob der Erbauer zu diesem Werk gezwungen worden oder ein Masochist gewesen war oder einfach nur ein höriger Genosse?

Es traf alles nicht zu. Der Konstrukteur war ein technisch

begabter Künstler, Dozent an der Kunsthochschule Weißensee und nebenbei der Gestalter des Lenkrades für das Auto »Wartburg« und des Designs für den Staubsauger »Omega«.

Die Weltzeituhr sollte eine Urania-Säule ersetzen. Deren Reste waren Jahre zuvor bei Bauarbeiten auf dem Alexanderplatz gefunden worden. Die mehrere Meter hohen gusseisernen Säulen der Wissenschaftsgesellschaft »Urania«, die Temperatur, Zeit, Luftfeuchtigkeit und Wetteraussichten anzeigten, waren ein Schmuckstück vieler Berliner Plätze gewesen, bevor sie im Krieg zerstört wurden. Selbstverständlich passte eine reichverzierte eiserne Säule nicht mehr in das moderne Stadtbild. Der neue Mensch, der mittlerweile zu den Sternen flog, brauchte etwas in die Zukunft Weisendes und kein Relikt aus der Kaiserzeit. Da kam eine Uhr, die 24 Zeitzonen umfasste und über der ein Sonnensystem kreise, gerade recht. Glaubt man dem Konstrukteur, war der Bau für ihn eine technische Herausforderung und keine politische Botschaft. Angetrieben wurde die Uhr von einem umgebauten Trabant-Getriebe und, was bei der Einweihung nur die Erbauer wussten, von einem Kugellager, das eine Dortmunder Firma hergestellt hatte, weil sich sonst wegen Lieferschwierigkeiten der volkseigenen Industrie die Einweihung um einige Jahre verzögert hätte. Wieder einmal zeigte sich, dass alles hinterfragt werden musste und nicht, wie der Fuchs es gern gewollt hätte, in Gut oder Böse einzuteilen war. Denn wer vermutete, dass zum 20. Jahrestag der DDR eine ostdeutsch-westdeutsche Zusammenarbeit bejubelt worden war?

Jetzt, fünfzig Jahre nach ihrer Einweihung, wurde die Weltzeituhr als »zeitlos schön« bezeichnet und hatte es zu einer eigenen Webseite gebracht. Dazu vermarktete eine Start-up-Firma eine »hochwertige, nachhaltig produzierte Produktkollektion«. Wenn sich mit Geschichte Geld verdienen ließ, relativierte sich sowieso alles, und vielleicht würde es ja auch bald die weißen Teufelsbergkuppeln, die als Abhörstation gen Warschauer Pakt gedient hatten, als Modellbausatz geben.

Als der Regen nachließ, lief Isabella zur S-Bahn und fuhr zum Hauptbahnhof. Ihr Zug hatte eine Verspätung, die mit der gängigen Formulierung »Störung im Betriebsablauf« umschrieben wurde. Frierend saß sie auf einer Bank und sah zu, wie auf dem Nachbargleis ein Expresszug nach Binz bereitgestellt wurde. Isabella überlegte kurz, ob sie einsteigen, sich allem entziehen und für einige Tage ans Meer fahren sollte. Sie stellte sich vor, wie sie barfuß durch den Sand lief. Aber es war November, und an der Ostsee war es immer einige Grad kälter. Wahrscheinlich würde dort aus dem begossenen Pudel ein gefrorener Pudel werden. Der Gedanke an die Ostsee heiterte sie etwas auf. Diese Erinnerungsschublade stand immer noch weit offen.

Jeden Sommer, und darüber ließ Großmutter Isa keinen Zweifel aufkommen, fuhren sie gemeinsam an die Ostsee in das Betriebsferienheim des Wälzlagerwerks, in dem die Großmutter während der Ferienmonate für die Küche zuständig war.

Das Heim lag direkt an der Strandstraße. Ein großes, weiß getünchtes Holzhaus, mit einer Veranda und einer überdachten Terrasse, von der aus man die Brandung hören konnte.

Es waren kleine Dinge, die in ihrer Summe großes Glück

bedeuteten: An jedem Morgen der Gang über die Düne, der Blick auf das glitzernde Meer, den feinen, weißen Sand unter den Fußsohlen spüren, sich darin kugeln oder eingraben, Kleckerburgen bauen, die winzigen Fische im flachen Wasser mit dem Kescher fangen, Muscheln suchen, im Strandkorb sitzen, der Geruch nach sonnengebleichtem Holz und Nussöl, das getrocknete Salz auf der Haut.

Oder bei Regenwetter auf der Küchenbank hocken und der Großmutter zusehen, die im wahrsten Sinne des Wortes den Kochlöffel schwang. Sie war immer in Bewegung, hier noch eine Prise Salz, da noch schnell gerührt und, ach, der Kuchen musste aus dem Ofen. Wer sie nicht sah, hörte sie. Die Großmutter kochte sich in Ekstase, schepperte, klopfte, hackte. Es war eine Sinfonie für Kessel, Kochtöpfe, Kellen, Rührlöffel, Schneebesen, Siebe, Messer. Die Versorgungslage an der Küste war schlecht, doch das sah die Großmutter eher als Herausforderung an. Alles wurde verwertet, harte Brötchen wurden zu Semmelmilch oder »Armer Ritter« verarbeitet, und aus den Schalen von Äpfeln wurde Tee gekocht. Apfelschalentee war für Isabella der Geschmack des zu Ende gehenden Sommers.

Aber alle diese Schätze zählten im Nachhinein nicht mehr. Die Ostsee wurde als Reiseziel nicht ernst genommen. Und obwohl Isabella die Meinung des Redakteurs erbost hatte, musste sie ihm insgeheim recht geben. Zwar irrte er, was die Zeit vor dem Mauerfall betraf, aber danach hatte sich die Sehnsucht vieler auf andere Ziele gerichtet, und jahrelang war die Ostsee selbst Isabella nicht mehr gut genug gewesen.

11

Isabella war erleichtert, als sie Karl in der Theaterkneipe am Tisch sitzen sah. Das Wort Rettung wäre übertrieben gewesen, aber sie fühlte eine Geborgenheit, die sie sehr nötig hatte. Sie wollte sich einfach nur dazusetzen, einen Rotwein bestellen oder am besten gleich einen Schnaps.

»Und?«, fragte Karl. »Was war so schlimm?«

»Sie haben die Aufnahmen gezeigt.«

Karl lachte. »Und waren überrascht?«

»So hatten sie sich die DDR nicht vorgestellt.«

»Ich auch nicht«, sagte Karl.

»Wie haben wir es während der wenigen Jahrzehnte nur geschafft, so wenig voneinander zu wissen?«

»Ihr habt doch immer Westfernsehen gesehen?«

»Ja«, sagte Isabella, »Botschaften aus dem Schlaraffenland, in dem man sich mit Geschirrspülmittel die Hände pflegte.«

»Und die Sendungen über Arbeitslosigkeit?«

»Das konnten wir uns nicht vorstellen. Meine Großmutter hat immer gesagt, die sind nur zu faul zum Arbeiten. Außerdem hat das Schöne keinen Makel.«

»Aber bei euch wurde doch immer über den bösen Kapitalismus gewettert?«

»Stimmt. Die schlimmste Sendung hieß ›Der schwarze

Kanal‹. Der Kommentator Karl Eduard von Schnitzler hetzte über Beiträge aus dem Westfernsehen. Bei uns zu Hause wurde er aber nur Karl Eduard von Schnitz genannt, das entsprach der Reaktionszeit, um den Fernsehkanal umzuschalten.«

»Vielleicht hat euch die Hetze immun dagegen gemacht, unsere Kritik ernst zu nehmen?«

»Kann sein«, sagte Isabella, »aber im Westen war eben alles heilig.«

Jeden Sonntagvormittag saß Großmutter Isa vor dem Fernseher und schrieb das Fernsehprogramm für die kommende Woche von Bildtafeln ab. Es war ein Service für alle ostdeutschen Brüder und Schwestern, der garantieren sollte, dass auch sie keine ihrer Lieblingssendung verpassen müssten. Großmutter Isa war glückliche Abonnentin der DDR-Programmzeitung »FF-Dabei« und hatte dadurch eine kalendarische Struktur für ihre Aufzeichnungen. Säuberlich trug sie die Sendungen der Feinde in die Lücken zwischen den Programmankündigungen des DDR-Fernsehens ein. Großmutter liebte »Die Rudi Carrell Show«, den »Blauen Bock« mit Heinz Schenk und die Quizsendungen mit Hans-Joachim Kulenkampff. Sie liebte das »Ohnesorg Theater«, selbst den »Tatort« mit Kommissar Schimanski, den sie »den Lotter-Schutzmann« nannte. Pflichtsendungen waren die »Aktuelle Schaubude« ebenso wie die jährliche Auslosung der Lotterie »Ein Platz an der Sonne«. Geduldig und wohlwollend sah sie zu, wie fremde Menschen Traumhäuser und Traumreisen gewannen.

Es machte der Großmutter nichts aus, dass ihr die Teilnahme an dieser Lotterie versagt blieb, sie berauschte sich an der Freude der anderen. Ebenso empathisch verfolgte die Großmutter, ja selbst der Großvater, die Serie »Dallas«. Wie viele andere DDR-Bürger auch, nahmen sie Dienstagabend für Dienstagabend Anteil am Schicksal von Bobby, Sue Ellen und JR, der im sächsischen Sprachraum »Schi Er« hieß. Das Phänomen setzte sich am Morgen nach der Sendung fort, dann wurden an den Frühstückstischen der sozialistischen Betriebe ausführlich die Probleme der Familie Ewing besprochen und nach Lösungen gesucht, als wären die Millionäre von »Ewing Oil« Verwandte, um die man sich Sorgen machen musste.

»Genau wie bei uns«, sagte Karl. »Und glaubst du, wir waren Millionäre?«

»Aber ihr konntet ein Los der Fernsehlotterie kaufen!«

»Klar, und das Traumhaus gewinnen! Ich habe im Plattenbau gewohnt, drei Räume zu fünft, das war unser Traumhaus. Mein Vater war Fliesenleger, meine Mutter Hausfrau, dann hatte mein Vater einen Bandscheibenvorfall und war berufsunfähig, und die Versicherung hat nicht gezahlt. Hast du nie darüber nachgedacht, dass es auch bei uns Menschen mit wenig Geld gab?«

»Für uns waren alle im Westen reich«, sagte Isabella. »Ich habe erst kurz nach dem Mauerfall zu ahnen begonnen, dass es anders sein könnte.«

Das erste Silvester nach der Währungsunion war sie mit Freunden nach Franken gefahren. Sie wohnten in einem kleinen Hotel, das ihr ungeheurer nobel vorkam. Alles war renoviert, die Bäder gefliest, die Armaturen so modern, dass sie anfangs nicht wussten, wie sie zu bedienen waren. Das Hotel hatte eine Gaststube mit gediegenen Holzmöbeln. Der Besitzer stand hinterm Tresen, seine Tochter bediente, und die Frau kümmerte sich in der Küche um alle Gerichte. Die hohen Preise in der Speisekarte waren ein Schock. Sie waren Bier für 50 Pfennige gewohnt, Bockwurst mit Brötchen und Senf für 95 Pfennige, und nun kostete schon allein ein Mineralwasser 3 DM. Alle Freunde waren sich einig, dass die Eigentümerfamilie reich sein musste. Sie wussten nichts von Schulden und Krediten und setzten Besitz mit Wohlstand gleich. Das war der reiche Westen, den sie aus dem Fernsehen kannten. Doch dann kamen sie nachts angetrunken und lustig von der Silvesterfeier zurück und sahen auf dem Weg durch den Hausflur noch Licht in der Küche. Der Wirt saß neben dem Hackklotz, auf dem ein großes Kotelett lag. Das Kinn war ihm auf die Brust gesunken, die Arme hingen nach unten, das Hackbeil lag auf dem Boden. Da ahnte Isabella, dass irgendetwas nicht stimmen konnte mit ihrer Vorstellung von Reichtum.

»Aber das Fernsehen allein kann es doch nicht gewesen sein, das euch so verblendet hat?«

»Nein, es gab ja noch die Westpakete! Stell dir vor, du bekommst ein Paket mit Dingen, die es bei dir nicht gibt. Schweizer Schokolade, Fa-Seife, die Krönung, Eckes Edelkirsch, Blasenkaugummi …«

»Das war doch aber nicht teuer?«

»Für uns waren das Botschaften des Wohlstands. Schon allein das Auspacken war ein Ereignis, wir haben all die Dinge auf dem Tisch aufgebaut und angestaunt. Alles war bunt und schön verpackt und roch gut.«

»Du denkst, wir wären schuld? Meine Mutter hat zu uns gesagt: ›Man muss auch an die armen Menschen im Osten denken‹, und hat immer zu Weihnachten ein Päckchen an ihre Cousine in Rostock geschickt. Dabei hatten wir selbst wenig Geld.«

»Wir haben aber auch immer etwas zurückgeschickt. Meine Großmutter hat von ihrem Bruder aus dem Ruhrgebiet vor jedem Weihnachtsfest die Backzutaten für die Stollen bekommen: süße Mandeln, Schmelzbutter, kalifornische Sultaninen. Und Großmutter hat dann einen Teil der gebackenen Stollen ins Ruhrgebiet geschickt und gesagt: ›Wir wollen uns doch noch nicht lumpen lassen.‹«

Karl lachte. »Und wir haben jedes Jahr Schnitzereien aus dem Erzgebirge bekommen, Engel, Räuchermänner, eine Pyramide.«

»Das war etwas Besonderes. Das hätte deine Cousine bestimmt selbst gern behalten.«

»Wir hätten das bei uns im Laden kaufen können.«

»Sie wollte euch eine Freude machen.«

»Ja, klar, das weiß ich schon.«

»Mein Großonkel hat sich immer ein bisschen überlegen gefühlt. Manchmal hat er uns Fotos geschickt, von seiner Wohnung und von seinem neuen Wagen. Bei uns hätte niemand Wagen gesagt. Und Urlaubskarten aus Griechenland, Spanien,

Tunesien. Die hat Großmutter alle in ein Album geklebt, und wir haben uns das regelmäßig angeguckt und die Bilder bewundert.«

»Wer weiß, ob er wirklich dort war.«

»Wieso?«

»Wir sind nie weggefahren. Mein Vater hatte einen Garten und eine Taubenzucht, der wollte gar nicht weg. Außerdem hätten wir uns das gar nicht leisten können. Also sind wir im Sommer zu Hause geblieben. Meine Mutter hat sich dann von einer Nachbarin eine Postkarte aus Italien mitbringen lassen und sie mit in einen Brief an ihre Cousine gelegt. Viele Grüße aus Italien!«

»Von wegen du magst keine Hitze! Du hast mich belogen! Du wärst also doch gern nach Italien gefahren?«

»Ich hasse wirklich Hitze. Aber es war schon deprimierend, wenn nach den Ferien alle in der Klasse von ihrem Urlaub erzählt haben und ich stumm danebensaß und Angst hatte, dass ich gefragt werde. Ich habe in den Ferien mit meinen Brüdern im Baumhaus gesessen, in Reisekatalogen geblättert und mir etwas ausgesucht und den Text dazu dann auswendig gelernt. Wer wollte schon mit einem Schrebergartenurlaub prahlen?«

»Weißt du, wie ich mir als Kind den Westen immer vorgestellt habe? Wie ›Hasenhausen‹ auf dem Rummelplatz.«

Die vielen Kinder, die mit dem kleinen Zug nach Hasenhausen fahren wollten, mussten Schlange stehen. Eine füllige Frau mit rotgeschminkten Lippen verkaufte die Karten, die nicht Fahrkarte, sondern verheißungsvoll Billett hieß. Der Bahnhofsvorsteher läutete bedeutungsvoll eine Glocke und kurbelte dann langsam die Schranke nach oben. Nur die Kinder durften den Bahnsteig betreten. Schon während der Abfahrt wurden die Eltern zu fremden Menschen, denen Isabella nur kurz zurückwinkte, denn sie hatte ihren Blick schon auf das Kommende gerichtet: das Schwarz eines Tunnels. Für einen Augenblick war sie gefangen in der Dunkelheit und glitt dann in das gleißende Licht von Hasenhausen. Und dort, das war die Überraschung, hausten nicht, wie es der Name vermuten ließ, die Hasen, dort lebte eine Meckifamilie. Großmutterigel saß auf der Bank und strickte, Großvaterigel angelte. Mutter Igel hing Wäsche auf, Vater Igel hackte Holz, der Igeljunge und das Igelmädchen drehten sich auf einem Karussell, und das Igelbaby lag, die Arme und Beine in die Luft gestreckt, in seinem Kinderwagen. Sie alle wohnten in einer Windmühle, von deren Fensterbrettern rotleuchtende Geranien wallten. Auf dem Teich, gleich neben der Mühle, blühten Seerosen, zwischen denen bunte Enten schwammen. In Hasenhausen herrschte Igelidylle.

War es die Sehnsucht nach so einer Idylle, die viele zu Demonstrationen auf die Straße getrieben hatte? Die Sehnsucht nach einer Kleinbürgerlichkeit, die nach frisch gestärkter Wäsche roch, nach Sonntagsbraten und Bohnerwachs? Eine Welt, in der auf den Tischen blau-weiß karierte Decken lagen und vor der Haustür Primeln in einer Schubkarre blühten?

»Und warum habt ihr dann bei den Demonstrationen immer ›Visafrei bis Shanghai‹ gerufen?« Karl lachte und bestellte eine neue Runde Rotwein. »Bevor wir in unseren Kindheitserinnerungen versinken, was ist jetzt dein Problem?«

»Problem ist das richtige Wort. Ich brauche Menschen mit Problemen: Republikflüchtlinge. Jemanden, der von der Stasi verfolgt wurde. Und um das Klischee zu bedienen, Frauen in Männerberufen. Es ärgert mich einfach, dass mein Land immer darauf reduziert wird.«

»Hast du jetzt mein Land gesagt?«

»Tatsächlich?«, sagte Isabella. »Das ist merkwürdig. In meiner Jugend hätte ich das niemals gesagt.«

»Und wie willst du deine ›Problemfälle‹ finden?«

»Ich habe vorhin die Kreller Melitta angerufen. Auf dem Werksgelände gab es einen Bereich mit einem dreistöckigen Betonbau, über den nur hinter vorgehaltener Hand gesprochen wurde. Das Gelände war mit einem doppelten Stacheldrahtzaun abgegrenzt. In dem Gebäude wohnten Häftlinge, die Arbeiten verrichten mussten, die allen anderen im Werk zu gefährlich waren. Melitta hat mir die Adresse von einem ehemaligen Häftling gegeben, der saß dort wegen Wehrdienstverweigerung. Ich treffe ihn morgen.«

»Und woher nimmst du die emanzipierten Frauen?«

»Ich fahre morgen Nachmittag ins Heim meiner Mutter und frage, ob jemand Verkehrspolizistin, Kranfahrerin oder Traktoristin war. Da muss sich doch jemand finden lassen. Es sind ja nicht alle dement. Allerdings …«

»Was allerdings?«

»Die meisten im Gremium fanden die Protagonisten zu alt und zu unansehnlich. Aber was soll ich machen?«

Karl lachte: » Nimm doch Statisten!«

»Prima Idee! Da wird sich der Fuchs aber freuen!«

»Und was ist mit dem immer wieder heraufbeschworenen Herrn Krause?«

»Das ist ein eigenes Kapitel.«

12

Herr Krause war ein eigenes Kapitel. Es mag platt klingen, und obwohl er nicht auf einem Pferd, sondern auf einem Fahrrad geritten kam, würde Isabella seinen ersten Auftritt vor 32 Jahren mit »Er kam, sah und siegte« beschreiben. Herrn Krauses Statur war – wobei schon das Wort Statur unangebracht war – das, was man als spillrig bezeichnet. Auch seine wallenden blonden Locken brachten da keine Verbesserung. Und doch, irgendetwas musste es gewesen sein, das Isabella fasziniert hatte, als er mit seinem Fahrrad plötzlich in der Toreinfahrt der Tanzschule stand. Vielleicht war es seine Stimme gewesen, die im völligen Kontrast zu seiner Erscheinung voluminös war. Ein sonorer Bariton, mit dem er Isabella um »Einlass« bat. Er gebrauchte tatsächlich dieses Wort und fragte, mit einer leichten Verbeugung: »Bestünde die Möglichkeit, dass mir das schöne Fräulein Einlass gewähren könnte?« Und als wäre das noch nicht genug, streckte er ihr einen Bund Petersilie entgegen, den Isabella, deren Blick durch eine Erkältung getrübt war, für Blumen hielt.

Herr Krause war mit seinem Fahrrad kurz vor der Tanzschule in eine Glasscherbe gefahren und hatte einen Platten. Im Nachhinein haderte Isabella oft mit diesem Vorfall. Warum war er keinen Bogen um die Glasscherbe gefahren, warum hatte die Scherbe ausgerechnet an dieser Stelle gelegen, und warum war Isabella an diesem Tag wegen eines Schnupfens zu Hause geblieben, hatte Herrn Krause die Tür geöffnet und ihm erlaubt, sein kaputtes Fahrrad auf dem Hof unterzustellen. Hätte es sie nicht stutzig machen sollen, dass Herr Krause nicht einmal ein Fahrradschloss besaß?

Ludwig Krause war Künstler, Lebenskünstler, ja sogar ein Überlebenskünstler. Er konnte ein abgebrochenes Musikstudium und aus dieser Zeit noch eine Spielerlaubnis als Unterhaltungskünstler vorweisen und bezeichnete sich als Liedermacher. Er tingelte durch Klubs und spielte als Gitarrist in verschiedenen Bands. Doch seine Haupteinnahmequelle war der Verkauf von Petersilie. Der Petersilien-Prinz, wie ihn der Hallodri nannte, hatte ein kleines Feld außerhalb der Stadt gepachtet und baute dort mehrere Reihen Petersilie an. Er gab sich als Kleingärtner aus und verkaufte die Ernte an den Einzelhandel und kassierte die hohen Ankaufpreise, selbstverständlich steuerfrei. Die Kleingärtner waren zum Obst- und Gemüseanbau aufgefordert und mussten ihre Erträge an den Vorstand melden. Es war gewünscht, dass sie einen Teil ihrer Ernte zu den Obst- und Gemüse-Ankaufstellen brachten, um die Versorgung der Bevölkerung zu sichern. Zur Stimulation waren die Ankaufpreise höher als die subventionierten Ladenpreise. Das brachte einige Gärtner auf eine Geschäftsidee. Sie kauften ihr eigenes Gemüse im Laden zurück, um es danach erneut zu verkaufen. Herrn Krause genügte der einfache Gewinn.

Als er am nächsten Tag sein Fahrrad abholen kam, hatte er tatsächlich einen Blumenstrauß mitgebracht und, statt sich still und leise mit seinem Fahrrad auf den Heimweg zu machen, geklingelt und Isabella, die zugegebenermaßen auf ihn gewartet hatte, gefragt: »Schönes Fräulein darf ich's wagen, meinen Arm und Geleit ihr anzutragen?«

Und Isabella, die ja bereits zu Hause war, hatte geantwortet: »Bin weder Fräulein, weder schön, kann ungeleit nach Hause gehen.«

Darin zeigte sich deutlich der hohe Grad der Verblödung, die einem bei plötzlich einsetzender Verliebtheit überkommt. Isabella war gerade achtzehn Jahre alt und damit im heiratsfähigen Alter. Warum also sollte sie zögern und den Antrag, den ihr Herr Krause kurz darauf machte, ablehnen?

Zwar sagte Großmutter Isa beim ersten Anblick des Petersilien-Prinzen: »Jeder macht einmal einen Fehler!« Aber niemand unternahm einen Versuch, Isabella von dieser Hochzeit abzuhalten. Sie konnte sich ja jederzeit wieder scheiden lassen.

Herr Krause hatte eine unüberschaubare Menge an Freunden. Schulfreunde, Musiker, Fans seiner Musik oder Menschen, die er in einer Kneipe getroffen hatte und fortan nicht mehr aus den Augen ließ. Und er verstand es zu feiern. Kein Wochenende verging ohne Party. Doch es waren nicht schnöde Besäufnisse, es war immer was los, jemand las, jemand machte Musik, und Mittelpunkt war selbstverständlich Herr Krause, der sang. Oft saßen sie bis in die Morgenstunden beisammen, und wenn dann die Runde überschaubar wurde, sagte Herr Krause: »Macht die Fenster zu, wir wollen Biermann singen!«, weshalb

Herr Krause bei vielen Freunden auch Commandante Krause hieß.

Vielleicht war es das, was Isabella König und Ludwig Krause verbunden hatte: die Gemeinschaft. Denn auch Isabellas Leben war geprägt von Feiern, von nicht enden wollenden Ballabenden, von Familienfeiern bei der Großmutter.

Höhepunkt aber war einmal im Jahr das Treffen in einem Waldstück, das in der Nähe von Herrn Krauses Heimatort lag. Die sogenannte »Waldfete« ging über drei Tage. Anreise war Freitagnachmittag. Urheber waren eigentlich die Krause-Eltern, die vor über fünfzig Jahren ihren Polterabend mangels Platz in einer Waldsenke gefeiert hatten. Alle saßen an den Wiesenhängen rings um ein Feuer herum, es wurde gegessen, getrunken und vor allem Musik gemacht. Und selbstverständlich hatte auch das junge Paar Krause seinen Polterabend in diesem Wald gefeiert. Die »Waldfete« war eine Feier, die sich auf die nächste Generation übertrug, und wahrscheinlich würden in der Senke im Wald auch noch in einhundert Jahren Freunde um ein Feuer herumsitzen und Lieder singen. »Ja, unser Handwerk, das ist verdorben, die letzten Saufbrüder sind gestorben, es lebt keiner mehr als ich und du.«

Der Termin war immer das zweite Juliwochenende, niemand wurde persönlich eingeladen, wer da war, war eben da, und bis heute kannte Isabella von vielen nur die Vornamen. Da waren Klaus, Paul, der, wie sich später herausstellte, gar nicht Paul hieß, da waren Detscher, der nach den Kartoffelpuffern aus seiner Gegend hieß, Riese, Caro, Eule, Horstel.

Bei der »Waldfete« hatten Ludwig und Isabella Krause auch

ihren ersten Auftritt als »Duo Krause« gehabt, und bei dem anschließenden Besäufnis war, in Anspielung auf ein Behinderten-Fahrzeug, daraus »das Krause-Duo« geworden.

Das »Krause-Duo« hatte Kultstatus und war ein Gefährt, das man, mit viel Glück, gebraucht kaufen und auch ohne vorzeigbare körperliche Schäden nutzen konnte. Es war ein Moped auf drei Rädern und hatte eine an den Seiten offene, nur mit einer Plane verkleidete Fahrerkabine. Als Behindertenfahrzeug durfte es allerdings nur sechzig Stundenkilometer fahren, was dem Kultstatus aber keinen Abbruch tat.

Damals zum Polterabend hatten die Freunde gesammelt und dem zukünftigen Ehepaar Krause die erstaunliche Summe von tausend DDR-Mark geschenkt. Zusammen mit Herrn Krauses Petersilien-Verdienst und Isabellas Geld für die »Aufbaustunden« reichte es für den Kauf eines zwanzig Jahre alten rundlichen Trabant 500. Obwohl ein »Krause-Duo« dem »Duo Krause« angemessener gewesen wäre, hatten sie sich dann doch für den etwas schnelleren Trabant entschieden, der von Herrn Krause sofort nach dem Kauf bedichtet und besungen wurde.

Ich liebe meinen Trabant
Dieses Fahrzeug passt so gut in unser Land
Von der Größe sowieso
Aber auch von dem Niveau
Das ist fast vierzig Jahre lang konstant
Ich liebe meinen Trabant

Die Sommerwochen nach der Hochzeit tingelten sie an der Ostseeküste und hatten fast täglich, wie Herr Krause es nannte, »eine Mugge«. Herr Krause sang, Isabella rezitierte Texte, die er geschrieben hatte, und das Publikum klatschte begeistert. Herr Krause war sicher: Vor ihnen lag eine große Karriere, und er schrieb in seiner Euphorie neue Strophen für das Trabant-Lied:

Ich liebe unsere Mauer
Der sie damals baute, der war ein ganz schlauer
Sie behütet uns stets
Selbst vor Umweltschmutz und Aids
Welch ein Weitblick hatte einst
Dieser Erbauer
Ich liebe unsere Mauer

Monate lang tanzte Commandante Krause auf der Rasierklinge. Hatte er früher seine kritischen Texte nur einem ausgewählten Publikum dargeboten, war ihm nun egal geworden, wer zuhörte. Im Mai 1989 erweiterte er das Trabant-Lied erneut und widmete eine Strophe dem Ergebnis der Kommunalwahlen.

Ich liebe unsere Wahlen
Sie verschonen mich vor den Entscheidungsqualen
Und wähl ich einmal nicht
Wählt der Wahlvorstand für mich
Denn so leicht versaut man nicht Abstimmungszahlen
Ich liebe unsere Wahlen

Das war zu viel. Jetzt hatten auch die Genossen von der Bezirks-
leitung die Ironie erkannt. Als Herr Krause seine ablaufende
Spielerlaubnis als Unterhaltungskünstler erneuern wollte, was
normalerweise kein Problem gewesen wäre, wurde er wegen
mangelnder künstlerischer Leistung und Unreife getadelt. Und
nicht nur das. Mit sofortiger Wirkung wurde ihm seine Auf-
trittserlaubnis entzogen.

Es blieb das Petersilienfeld als Einnahmequelle. Doch es
war nicht das fehlende Geld, das Herrn Krause bedrückte. Er
hatte die Auftritte als »Duo Krause« genossen und sorgte sich
um seine Zukunft als Künstler. Zudem fürchtete er seine Einberufung zur »Nationalen Volksarmee«. Dem Wehrkreiskom-
mando oblag es, den Zeitpunkt zu bestimmen, und die Genossen hatten dafür einen Spielraum von mehreren Jahren. Gern
wurde die Einberufung auch genutzt, um Druck aufzubauen
und die Delinquenten in ihrer Angst davor schmoren zu lassen. Doch es war noch prekärer, denn Herr Krause lehnte
nicht nur den Gebrauch von Waffen ab, es graute ihm vor allem davor, mit vielen Menschen in einer Kaserne eingesperrt
zu sein und Befehlen gehorchen zu müssen. Zwar ging das Ge-
rücht, dass seit Jahren niemand mehr wegen Wehrdienstverweigerung ins Gefängnis gekommen wäre. Aber wer wusste
das schon so genau. Isabella, die aus ihrer heilen Tanzstunden-
welt kam, versuchte, ihn zu beruhigen. Doch seine Unruhe
wuchs.

Kurz darauf starben auf dem Tian'anmen-Platz in Peking
Tausende junge Menschen, niedergewalzt von Panzern der chi-
nesischen Armee. Und obwohl China, weit weg, auf einem an-

deren Kontinent lag, sagte Herr Krause: »Bald werden auch hier chinesische Verhältnisse herrschen!«

Und als hätte er es heraufbeschworen, gab es wenige Tage später bei einem Straßenmusikfestival in Leipzig zahlreiche Verhaftungen. Das Land brodelte, und Isabella fühlte, dass es kurz vor der Explosion stand. Doch es gab ein Ventil: ein Loch im Grenzzaun. Gebannt verfolgten sie gemeinsam die Meldungen über die Ereignisse an der ungarisch-österreichischen Grenze, und Herr Krause spielte kurz mit dem Gedanken, das Land zu verlassen, entschied dann aber: »Das ist auch keine Lösung!«, und dichtete eine neue Strophe:

Ich liebe – und dies wirklich – meine Freunde.
Auch als Kritiker, lieber als Fangemeinde.
Und solange diese bleiben,
Wird auch mich hier nichts vertreiben.
Darum steinigt mich, wenn ich sie je verleumde.
Ich liebe, und dies wirklich, meine Freunde.

Auch die Freunde blieben. Gemeinsam gingen sie zu Friedensgebeten und Montagsdemonstrationen. Manchmal begleitete ihn Isabella, und auch sie rief lautstark, weil es sich so schön reimte: »Visafrei bis Shanghai!« Aber wahrscheinlich war es nur die Sehnsucht nach »Hasenhausen« gewesen.

Und dann geschah das Wunder, die Rufe wurden erhört, und die Mauer fiel. Das Land war im Taumel und feierte sich und die Wiedervereinigung.

Schon damals bezeichnete Herr Krause das Wort Wiedervereinigung als Irrtum und zitierte den Schriftsteller Volker Braun: »Da bin ich noch, mein Land geht in den Westen.«

Und Isabella hatte ihn ausgelacht und nicht verstanden, weshalb er so unzufrieden war.

Doch er hatte recht. Das Wort »wieder« versprach die Herstellung alter Zustände. Die Teilung war nicht erst durch die Mauer vollzogen worden, sondern durch die Aufteilung des Landes in Besatzungszonen, und das Deutschland, das es davor gegeben hatte, wollte niemand zurückhaben. Und selbst wenn man alle politischen Belange außer Acht ließ, brauchte man sich nur ein Ehepaar vorzustellen, das viele Jahrzehnte getrennt gelebt hatte.

Also wäre es besser gewesen, die Bezeichnung »Beitritt« zu nehmen. Da waren die Rollen klar verteilt. Es fühlte sich an, als würde man als Besuch an einer Tür klingelt und darauf warten, eingelassen zu werden. Selbstverständlich stand die Tür schon sperrangelweit offen, und die Arme des Hausbesitzers waren ausgebreitet. Doch »Besuch ist wie Fisch«, hatte die Großmutter immer gesagt, »der stinkt nach drei Tagen.«

Gemeinsam mit den Politikern sang das Volk: »Freude schöner Götterfunken«, und auch die Zeile: »Wem der große Wurf gelungen, eines Freundes Freund zu sein.« Ohne darüber nachzudenken, dass Freunde gleichberechtigt waren.

In all diesem Tumult feierte das »Krause Duo« seine Auferstehung, doch schon nach wenigen Monaten zeigte sich, dass niemand mehr Eintrittsgeld dafür bezahlen wollte, um Herrn Krauses Lieder von »gestern« zu hören und erst recht keine D-

Mark. Auch der Absatzmarkt für Petersilie war verloren gegangen, und zudem hatte sich die Pacht für das Petersilienfeld verzehnfacht. Das Imperium Krause war zusammengebrochen.

Sein rebellischer Geist war erwünscht gewesen, solange die Mauer stand. Kritische Lieder über die wiedervereinte Bundesrepublik wollten die meisten so kurz nach dem Mauerfall nicht hören, ein Zustand, den Herr Krause geistige Verzwergung nannte und trotzig sang:

Früher war's gut, heut ist es besser,
der Staub ist noch trockner, das Wasser noch nässer,
nur manchmal denk ich, so leid es mir tut:
Besser wär's, es wär wieder gut.

Sein Wesen veränderte sich. Er wurde ruhig, fast lethargisch, wenn er das Haus verließ, dann nur mit aufgesetzter Sonnenbrille, weil ihm die Stadt zu bunt vorkam.

Hatte er kurz zuvor noch »in den Tag hineingelebt«, war er nun plötzlich mit Steuererklärungen, Versicherungspolicen und hohen Krankenkassenbeiträgen konfrontiert. Er fühlte sich vom Staat bevormundet, der ihn zwang, sich zu verdingen. Widerwillig nahm er eine Stelle als Gitarrenlehrer an einer Musikschule an. Die Leichtigkeit war dahin. Herr Krause bemitleidete sich selbst und trank. Wahrscheinlich hatte den Feinschmecker Krause zu DDR-Zeiten nur die miese Qualität der alkoholischen Getränke von der Trunksucht abhalten können. Während Isabella als einen der Vorteile der neuen Welt pries, dass man vom Weintrinken nicht unbedingt Kopfschmerzen bekommen musste, brachten die neuen Getränke Herrn Krause zur Strecke.

Es war eine weise Entscheidung, dass Isabella, die Herrn Krauses Missmut nicht mehr ertrug, nach vier Jahren Ehe die Scheidung einreichte.

In den folgenden Jahren sahen sie sich noch zur »Waldfete«, zu der Isabella wie auch alle anderen geschiedenen Ehepartner weiterhin herzlich eingeladen waren.

War während der ersten Jahre zum Schutz nur eine Plane zwischen die Bäume gespannt worden, die später durch ein ausrangiertes Armeezelt ersetzt wurde, kamen nach dem Mauerfall alle mit eigenen Zelten, und auf der Anhöhe parkten Wohnmobile. Nur Herr Krause schlief weiterhin im Freien auf seiner alten Isomatte und sang am Feuer immer noch die alten Lieder, auch das »Trabant-Lied«. Und obwohl Isabella Herrn Krause nicht nachtrauerte, spürte sie jedes Mal Wehmut beim Zuhören.

Doch dann, zehn Jahre nach der Wiedervereinigung, war er plötzlich verschwunden. Und auch seine Eltern, die sich immer noch um die Ausrichtung der Feier kümmerten, wussten nicht, wo ihr Sohn war. Es gab verschiedene Gerüchte, die von »er ist nach Kanada ausgewandert« über »er lebt in einem Kloster« bis hin zu »er hat eine russische Oligarchin geheiratet« reichten. Was auch immer erzählt wurde: Herr Krause blieb verschwunden. Bis zu dem Tag, an dem Isabella sein Foto auf einem Plakat sah.

13

Isabellas erster Termin am Morgen war im Altenheim. Sie hatte angerufen, kurz ihr Anliegen vorgetragen und gefragt, ob sie nach dem Frühstück kommen könne.

Der Speisesaal war groß und hell, und es roch nicht, wie man vermutet hätte, nach Urin und Spülwasser, sondern nach Kaffee und frischen Brötchen.

Sie sprach laut, in kurzen, gut artikulierten Sätzen und erzählte von dem Fernsehprojekt, das »unser Land« abbilden sollte.

»Das ist nicht mehr unser Land!«, rief ein dicker Mann.

Und die Heimleiterin legte den Finger über die Lippen und machte »Pst«.

»Ich suche«, sagte Isabella, »Frauen, die in Männerberufen gearbeitet haben.«

»Das war doch ganz normal«, rief der Mann dazwischen, und die Heimleiterin machte wieder »Pst!«.

»Gibt es hier eine Frau, die als Verkehrspolizistin gearbeitet hat?«

Niemand hob seinen Arm.

»Als Kranführerin?«

Schweigen.

»Als Baggerfahrerin?«

Ein hagerer Mann hob die Hand.

»Wir suchen Frauen, Herr Melzer«, sagte die Heimleiterin.

»Schade«, sagte Herr Melzer und zog enttäuscht seinen Arm nach unten. »Immer werden die Frauen bevorzugt.«

»Aber danke«, sagte Isabella. »Gibt es hier eine Mähdrescherfahrerin oder Traktoristin?«

Wieder meldete sich niemand.

Doch dann stieß Frau Kramer, die so gut Quarktorte backen konnte, ihre Nachbarin an, die eingeschlafen war, und rief: »Frau Schubert war Traktoristin!«

»Wer?«, fragte die aufgewachte Frau Schubert.

»Sie«, schrie ihr Frau Kramer ins Ohr. »Sie haben als Traktoristin gearbeitet!«

»Warum schreien Sie denn so?«, sagte Frau Schubert. »Das müssen doch nicht alle wissen.«

Isabella setzte sich mit der schwerhörigen Frau Schubert in den Wintergarten. Wie viele der Heimbewohner besaß auch Frau Schubert ein Fotoalbum mit Bildern von »früher« und dazu sogar noch ein Brigadetagebuch.

Im Brigadetagebuch wurden alle Aktivitäten des Kollektivs, die heutzutage »gemeinschaftsbildende Maßnahme« hießen, eingetragen. Über jedes Ereignis gab es einen lustigen Bericht mit Zeichnungen und Fotos. Die Autorenschaft dieser Beiträge wechselte, sodass es jeden einmal traf. Vor allem ungeübte Schreiber fürchteten sich davor, und Großmutter Isa war hocherfreut gewesen, dass Isabella für sie diese Aufgabe übernommen und ihren mündlichen Bericht in einen schönen Text umgewandelt hatte.

Brigadetagebücher zeigten ausschließlich fröhliche Menschen. Ob beim Betriebsfasching, der Maifeier, einer Wanderung oder bei einem Kegelabend, immer wurde gelacht, getrunken, gescherzt, auch in dem Album von Frau Schubert.

»Unsere LPG Volles Korn« stand auf dem abgegriffenen Einband. Die ersten Seiten hätten heißen können: Fotoshooting mit Erntemaschinen. Zu sehen waren Mähdrescher, Häcksler, Traktoren, alles, was ein Bauernherz begehrte, und als Models dazu fröhlich lächelnde Menschen in Arbeitskleidung. Frau Schubert tippte auf ein Foto mit der Unterzeile »Unsere Frauenbrigade steht ihren Mann« und auf eine fröhlich winkende junge Frau und schrie: »Das bin ich!«

Daneben stand ein Spruch von Walter Ulbricht, der eindeutig in den »Zauberkasten« DDR gehörte.

»Ich weiß, dass es alte Auffassungen gibt, wonach die Frauen vor allem leichtere Berufe ausüben müssten. Aber, liebe Genossinnen, wir können den Sozialismus nicht nur mit Friseusen aufbauen. Ich bin auch für schöne Frisuren, aber das Wichtigste und Interessanteste sind gerade die technischen Berufe.«

Die immer wieder beschworene Gleichberechtigung der Frauen in der DDR hatte zwei Seiten.

Auf der Vorderseite lachende Frauen, die in allen Berufen arbeiten durften, auf der Rückseite die Mehrfachbelastung der Frauen, die mit Arbeit, Haushalt und Kindererziehung nicht ein erfülltes, sondern eher ein mit Arbeit prall gefülltes Leben hatten.

»War es für Sie schwierig, Traktor zu fahren?«, fragte Isabella.

»Ach was. Den habe ich gefahren wie meinen Kinderwagen.«

»War die körperliche Anstrengung groß?«

»Selbstverständlich. Das hieß nicht umsonst Ernteschlacht. Ich konnte alles fahren: Häcksler, Traktor, Mähdrescher!«, schrie Frau Schubert. Und plötzlich wurde ihre Stimme weich. »Aber es war auch schön. Im Morgengrauen auf dem Feld, die ersten Bahnen ziehen. Und selbst in der Mittagsglut, im Staub, wenn man sah, was man geschafft hat.«

»Hätten Sie auch LPG-Vorsitzende werden können?«

»Wie bitte?!«, rief Frau Schubert laut. Doch es war nicht die Schwerhörigkeit, sondern die Empörung.

»So weit ging die Gleichberechtigung nicht!«

Selbst Großmutter Isa, die sich wenig für Parteitage und die »Genossen da oben« interessierte, hatte ihre Zweifel, berief sich aber zur Durchsetzung ihrer Meinung gern auf einen Satz der Vorsitzenden des »Demokratischen Frauenbund Deutschland«, den sie an einer Wandzeitung im Werk gelesen hatte: »Bei uns haben die Köchinnen gelernt, den Staat zu regieren.« Und fügte hinzu: »Dann würde ich denen aber die Leviten lesen.«

Isabella hatte sich dann die Großmutter als Staatsratsvorsitzende vorgestellt: In ihrer Kittelschürze, den Kochlöffel in der Hand wie ein Zepter.

Beim genaueren Hinsehen war alles anders. Im ZK der SED gab es mit Margarete Müller und Inge Lange lediglich zwei Frauen, die als nicht stimmberechtigte Kandidatinnen jahrzehntelang vergeblich auf die Aufnahme in den Klub der alten Männer gewartet hatten. Lediglich die »La Guillotine« genannte Justizministerin. Hilde Benjamin. und die Ministerin für Volksbildung, Margot Honecker, blieben im Gedächtnis der Öffentlichkeit. Unrühmlich.

Und wenn sie schon nicht regieren durften, dann sollten die Frauen wenigstens mitarbeiten, das Land aufbauen und in Berufen ihren Mann stehen, in denen Arbeitskräfte gebraucht wurden.

In Isabellas Staatsbürgerkunde-Buch stand der kryptische Satz, den sie bis heute nicht deuten konnte, sooft sie auch darüber nachdachte:

»Die Frauenfrage ist der Klassenfrage untergeordnet und löst sich mit ihr selbständig auf.«

Wahrscheinlich war damit gemeint, dass es in der DDR keine Männer und Frauen geben sollte, sondern nur Pioniere, FDJler, Gewerkschaftsmitglieder und Genossen.

Doch die Gleichberechtigung der Frau war nicht nur eine politische, sondern vor allem eine wirtschaftliche Notwendigkeit. Der Krieg, mit dem die sozialistischen Bürger als »Sieger der Geschichte« nichts zu tun haben wollten, hatte auch die Anzahl der Männer im DDR-Gebiet dezimiert. Es fehlten männliche Arbeitskräfte, und die Abwanderung von Fachkräften nach Westdeutschland führte vor dem Mauerbau zu spürbarem Arbeitskräftemangel. Die Bevölkerung war überaltert. Zwar waren die Grundkosten für Miete, Energie und Lebensmittel erschwinglich, im Gegensatz zu den »Konsumgütern« wie elektronischen Geräten oder Autos. Das zehnjährige Sparen auf einen Trabant wäre aber ohne Mitarbeit der Ehefrau fast unmöglich gewesen. Außerdem war Hausfrauendasein verpönt und mit dem Verdacht der Faulheit belegt.

Je länger Isabella mit Frau Schubert zusammensaß und ihr die Fragen zuschrie, umso bewusster wurde ihr, dass sie zu spät gekommen war. Einige Jahre früher wäre Frau Schubert eine ideale Gesprächspartnerin gewesen. Entmutigt blätterte Isabella noch eine Weile in dem Brigadetagebuch. Es waren schöne Geschichten, aber wer sollte sie erzählen? Wenn kein Wunder geschah, würde auch der nächste Drehtag zum Desaster werden. Sie fragte Frau Schubert, ob sie das Fotoalbum und das Brigadetagebuch mitnehmen könne, vielleicht würden wenigstens die Fotos etwas nützen. Aber was brachte das Material, wenn der Mensch dazu fehlte?

Nach einem kurzen Besuch bei der Mutter fuhr Isabella zurück in die Innenstadt und lief in das Viertel, in dem der ehemalige Häftling, der im Wälzlagerwerk gearbeitet hatte, wohnte. Sie solle vorsichtig sein, hatte ihr die Kreller Melitta am Telefon gesagt, er wäre sehr misstrauisch. Vergeblich suchte Isabella auf dem Klingelschild nach seinem Namen, bis ihr klar wurde, dass es die beiden Anfangsbuchstaben waren M.W., Matthias Weber.

Es dauerte einige Zeit, bis sich eine Stimme meldete und Isabella nach ihrem Namen fragte. Vor der Wohnungstür musste sie erneut klingeln, und wieder dauerte es lange, bis sich die Tür öffnete. Matthias Weber musterte sie einige Sekunden, bevor er sie einließ. In seinem Blick lag kein Misstrauen, aber durchaus Vorsicht. Beim Sprechen sah er ihr nicht in die Augen, sondern blickte zu Boden. Er war nur einige Jahre älter als

Isabella. Wenn er lief, zog er ein Bein leicht nach. Er schien Schmerzen zu haben, versuchte aber, keine Schwäche zu zeigen. In der Mitte des Korridors blieb er stehen und ließ Isabella vorangehen, was zwar höflich, aber ungewöhnlich in einer fremden Wohnung war. Matthias Weber bemerkte Isabellas Irritation und sagte: »Ich kann es noch immer nicht aushalten, wenn jemand hinter meinem Rücken steht.«

Alles in der Wohnung wirkte extrem ordentlich, fast karg, ohne jeglichen Schnörkel, als solle verhindert werden, dass ein Gefühl von Romantik aufkam. Isabella fiel auf, dass es zwischen Korridor und Wohnzimmer keine Tür gab.

In der folgenden Stunde hatte Isabella das Gefühl, dass ihr eine Lektion erteilt wurde. Was war das nur für ein janusköpfiges Land, in dem sie gelebt hatte?

Matthias Weber saß gerade auf seinem Sofa, den ganzen Körper angespannt, als befände er sich bei einem Verhör. Seine Hände hatte er zwischen die zusammengepressten Oberschenkel gesteckt. Auf dem Tisch lag ein dicht beschriebenes Blatt. Doch er brauchte keine Notizen. Matthias Weber sprach ruhig, in wohlformulierten Sätzen, ohne ein »äh« oder eine andere Unsauberkeit.

Er hatte ein Zeichen setzen wollen, sagte er, und 1984 den Wehrdienst verweigert. Ganz bewusst, und er bereue es auch nicht. Trotz alledem. Was Matthias Weber damals nicht wusste, er war einer der letzten, der wegen dieses Vergehens verhaftet wurde. Als sich die Aktion »Schwerter zu Pflugscharen« im Land ausweitete, war die internationale Aufmerksamkeit zu groß und die Regierung vorsichtig geworden. Wenige

Monate später hätte sein Leben einen anderen Weg genommen. So aber kam er ins Haftlager nach Minkewitz, gemeinsam mit Kleinkriminellen und gefassten Republikflüchtlingen. Er war von Beruf Technischer Zeichner und körperliche Arbeit nicht gewöhnt. Die Arbeit im Werk sollte seiner Erziehung und Disziplinierung dienen. Es nannte sich »erleichterter Vollzug«. In Nachhinein wäre ihm ein richtiges Gefängnis lieber gewesen. Die Häftlinge ersetzten fehlende Arbeitskräfte und wurden für besonders schwere und gefährliche Tätigkeiten eingeteilt, für die sich unter den Arbeitern niemand mehr fand.

Niemals wird er seinen ersten Arbeitstag vergessen, erzählte er, das Aufstehen früh halb vier, die Zählung, der Marsch in Zweierreihen durch unwegsames Gelände. Die dunkle Halle, in der die Peitschenlampen diffuses Licht geben und dann immer wieder der Funkenregen, wenn die Eisen- und Stahlteile unter ohrenbetäubendem Kreischen auf Länge geschnitten werden. Die schweißglänzenden Häftlinge, die im sogenannten Joch stehen, um Träger in die Richtmaschine zu schieben. Es sind Worte, die er schnell lernen wird: Joch, Richtmaschine, Warmanlage. Und er wird lernen, mit der Hitze, dem Lärm und dem Dreck zu leben, abends oft kein Wasser zum Duschen zu haben, weil der Wasserdruck zu gering ist. Aber er wird nicht lernen, die Angst zu unterdrücken, die ihn jeden Tag überfällt, wenn er das Werk betritt. Es gibt Abkühlgruben ohne Geländer, in die das hellrot glühende Eisen nach dem Walzen gelegt wird. Es gibt boshafte Kranfahrer, die plötzlich ihre Last absenken und mit dem schwingenden Eisenstangen

Häftlinge über den Rollgang jagen. Und dann sind noch die Unfälle, die einfach so wegen Unachtsamkeit passierten oder weil irgendein Teil an den überalterten Anlagen nicht mehr richtig funktionierte. Es gibt Rangierunfälle, verrutschte Ladungen, Teile, die sich vom Kranhaken lösten. Totgequetschte, Erschlagene, Verbrannte.

Matthias Weber räusperte sich und sagte leise: »Jeden Tag denke ich über den Satz nach, der immer als Ansporn in der Zeitung stand: ›Meine Hand für mein Produkt‹.« Zögernd zog seine Hände zwischen seinen Oberschenkeln hervor. Erst jetzt sah Isabella den Stumpf an seinem linken Arm. »Es war in der letzten Woche der Haft«, sagte Matthias Weber.

Lange saßen sie und schwiegen. Isabella dachte an das Werk, in dem ihre Großmutter gekocht und der Großvater am Bahnhof Minkewitz als Fahrdienstleiter die Züge rangiert hatte, und sie dachte an Herrn Krause, der vorgehabt hatte, den Wehrdienst zu verweigern.

Matthias Weber war noch einmal zurückgekehrt, kurz nach dem Mauerfall, um den Mann zu finden, der schuld an seinem Unfall hatte: »Ich wollte ihm in die Augen sehen!«

Doch dann kam alles ganz anders. Am Bahnhof war er bei der Kreller Melitta hängen geblieben, die ihm erst einmal einen Schnaps eingeschenkt hatte. Er saß an ihrem Tresen und hatte zu erzählen begonnen, das erste Mal, seit Jahren. Und die Kreller Melitta hatte zugehört und nachgegossen, wieder und immer wieder, und am Ende mit ihrer kratzigen Stimme gesagt: »Mit Hass kann man nicht leben. Was willst du mit ihm machen? Ihn totprügeln? Lass gut sein, Junge!«

»Und dann?«, fragte Isabella.

»Dann war ich betrunken und bin wieder nach Hause gefahren.«

Im Sommer an der Ostsee hatte Isabella viele Arbeiter aus dem Werk kennengelernt, meist große kräftige Männer, die immer freundlich waren, mit ihr Ball spielten oder Sandburgen bauten. Keiner hatte ausgesehen, als würden er aus einer Laune heraus einen Häftling absichtlich in Lebensgefahr bringen.

»Ich danke Ihnen für das Vertrauen, dass Sie mir Ihre Geschichte erzählt haben«, sagte Isabella.

»Sie verstehen, dass ich nicht vor die Kamera möchte?«

Isabella nickte.

»Vielleicht hilft es Ihnen, wenn ich Ihnen meine Aufzeichnungen gebe?« Er reichte ihr das dicht beschriebene Blatt.

»Es ist fünfunddreißig Jahre her«, sagte Isabella zum Abschied. »Sie sollten beginnen zu leben: Das ist die Rache!«

Auch wenn Isabella am liebsten an diesem Tag kein Wort mehr gesprochen hätte, musste sie noch Herrn Krause anrufen.

Was wäre aus ihm geworden, wenn er als Wehrdienstverweigerer ins Gefängnis gekommen wäre? Ein ernsthaft denkender Mensch? Und nicht das schillernde Wesen, das Isabella lange nach seinem Verschwinden auf einem Plakat entdeckt hatte?

Ludwig Krause, der sich nun Lu Krau nannte, hatte eine unerwartete Metamorphose durchlebt und war, wie er es umschrieb, »in die Schlagerwelt eingetreten«. Er schrieb Lieder mit dem Titel »Apfelblütenmädchen« und »Mach mir ein Tattoo aufs Herz«. Immer nach dem Motto: Je schlichter die Texte, umso größer der Erfolg. Er trug glitzernde Jacketts, enge Hosen mit breiten Streifen an der Seite und hatte sich die Haare schwarz gefärbt, ganz abgesehen von dem dicken Make-up, das die Falten in seinem Gesicht überdeckte, die er sich angetrunken hatte. Wenn Isabella ihn im Fernsehen sah, betrachtete sie ihn wie einen Fremden.

Aber er hatte eine interessante Geschichte, die sie vielleicht retten würde. Isabella musste sich überwinden, ihn anzurufen. Als sie sich endlich durchgerungen hatte, kam ein Dreiklang mit der Durchsage: Kein Anschluss unter dieser Nummer. Im Internet fand sie die Nummer seiner Agentur.

»Hier ist Isabella Krause, ich war mit Herrn Krause verheiratet.«

»Schätzchen, Lu Krau war nicht, sondern ist verheiratet«, sagte die Sekretärin.

Es kostete Isabella viel Mühe und Überredungskunst, ihre Telefonnummer zu hinterlassen. Erst als sie sagte, dass es sich um ein Fernsehprojekt handele, war die Sekretärin bereit, Herrn Krause die Bitte um einen Rückruf zu übermitteln.

Eine Stunde später klingelte das Telefon. »Was verschafft mir die Ehre?«, fragte Herr Krause mit seiner sonoren Stimme, die Isabella immer wieder verblüffte.

Er hörte sich Isabellas Bitte an, schwieg eine Weile und sagte dann. »So leid es mir tut! Es ist unmöglich.«

»Weshalb?«

Herr Krause räusperte sich: »Ich bin nicht in der DDR aufgewachsen.«

»Wie bitte?!«

»Nun ja«, sagte Herr Krause, »ich bin dort geboren, aber habe nach der Flucht meiner Familie im Westerwald gewohnt.«

Isabella war sprachlos.

»Du musst das verstehen«, sagte Herr Krause, »am Anfang war der Ost-Bonus gut, aber als dann die ersten Fernsehauftritte kamen, hat mein Label-Chef gesagt, dass es besser wäre, ich korrigiere meine Biografie. Flucht kommt doch immer gut an. Oder?«

»Und ich?«

»Na ja, das hat dann nicht mehr gepasst. Tut mir leid.«

»Und was ist mit deinen Liedern von früher?«

»Das war doch nur pubertärer Schrott.«

»Auch das Trabant-Lied?«

»Kannst du gern verwenden, wenn du den Autorennamen änderst.«

»Wie großzügig!«

»Ach komm, das war doch nett mit uns. Wenn du mal zu einem Konzert kommen möchtest, ich kann dir gern eine Karte schicken lassen.«

Isabella legte auf.

Sie nahm die Flasche Doppelkorn, die sie sich, nach dem Besuch bei der Kreller Mellita, vorsorglich für schwierige Abende gekauft hatte, aus dem Kühlschrank und setzte sich an den Küchentisch. Vor ihr lagen das Brigadetagebuch und die Aufzeichnungen über das Häftlingsleben im Werk. Sie stellte drei

Gläser nebeneinander auf den Tisch, eins für Frau Schubert, eins für Herrn Weber und eins für sich selbst, und goss ein. Dann trank sie à la Melitta den Füllstand auf Linie. Doch der Schnaps brannte auf der Zunge und das »Körnchen« war, wie Großmutter Isa sagen würde, »bitter«. Widerwillig trank Isabella die Gläser aus. Nicht einmal das Betrinken klappte.

14

Isabella lag in ihrem Bett und versuchte, sich an ihren Traum zu erinnern. Es war eine Angewohnheit, aus Kindertagen. »Was hast du geträumt?«, war die erste Frage der Großmutter am Morgen gewesen. Sich nicht erinnern wurde als »faule Ausrede« gewertet. Und so lernte Isabella, die Träume noch eine Zeit lang in der Aufwachphase zu halten. Es war wie bei einem Staffelrennen, bei dem man blitzschnell nach dem Stab fassen musste. Wer danebengriff, hatte verloren.

Aber es gab auch Nächte, die trotz aller Mühe traumlos blieben. Ein schwarzes Nichts, aus dem sich keine Geschichte weben ließ. Um der Auseinandersetzung mit der Großmutter aus dem Weg zu gehen, erfand Isabella Träume. Der Rückgriff auf die Märchen, die ihr die Großmutter regelmäßig vorlas, wäre zu auffällig gewesen. Es blieb Frau Magdas Bühnenrepertoire. Doch schon als Kind ahnte Isabella, dass sie die Großmutter nicht mit Brudermord und Wahnsinn konfrontieren konnte, ohne Misstrauen zu wecken. Du sollst dir von »der da« nicht immer solche Geschichten erzählen lassen. Um der Großmutter zu genügen, erfand Isabella Träume. Getreu Frau Magdas Lebensweisheit »Ein Traum ist ein Theaterstück im Kopf«, wandelte sie die Stücke ab und ließ Gretchen als Schülerin ihren alten Direktor lieben und den Klassenlehrer als intriganten

Teufel auftreten. Lady Macbeth wurde zu einer Fleischverkäuferin und Ophelia zur Krankenschwester.

Das war es! Elektrisiert sprang Isabella auf. Die Lösung hieß: Theater!

Sie rief Karl an, der sich mit verschlafener Stimme meldete.

»Du hast doch gesagt, ich solle Statisten nehmen!«

»Das war ein Scherz!«

»Das ist die Lösung!«

»Nein! Das ist Blödsinn!«

»Hör doch erst einmal zu! Ich habe die Geschichte von Herrn Krause und die Geschichte eines Mannes, der als Häftling im Wälzlagerwerk arbeiten musste. Wenn man das miteinander verbindet, wäre es perfekt. Na ja, und da habe ich gedacht, vielleicht könntest du …?«

»Niemals!«

»Und wenn ich dich bitte?«

»Nein!«

»Es ist doch nichts Schlimmes.«

»Doch, es ist Lüge. Fake News.«

»Erstens sind es keine News, sondern Olds und zweitens kein Fake. Nennen wir es eine wahre Geschichte neu erzählt.«

»Jeder hört. Dass ich aus dem Westen bin.«

»Ich könnte dir Sächsisch beibringen. Und damit keine Missverständnisse aufkommen, mit ›ä‹.«

»Schade.«

»Heißt das, du bist einverstanden?«

»Habe ich denn eine andere Chance?«

Die Zeit drängte. Es war, als würde Karl ein unerwarteter Empfang bei der Queen bevorstehen und seine Aussprache müsse nun auf Oxfordniveau getrimmt werden. Obwohl der Vergleich hinkte, denn es war eher so, als müsse die Queen vor einem Besuch in Manchester den örtlichen Slang erlernen.

Zwar war Karl Schauspieler und lebte schon einige Jahre in Sachsen, aber Dialekt war etwas, das man genauso schwer erlernen konnte, wie man es wieder loswurde. Er war quasi angeboren. Schon die ersten Laute waren dialektgeprägt. Babbab, Nunnu, DeiDei.

Und dann kam noch dazu, dass Sächsisch nicht gleich Sächsisch war. Die Dresdner sprachen in den Ohren der Leipziger ein Gewandhaussächsisch, was bedeutete, dass sie sich für etwas Besseres hielten und versuchten, Hochdeutsch zu sprechen, was selbstverständlich nicht gelang. Zudem gingen sie allen mit ihrem ständigen »Nu« auf die Nerven, was überhaupt nicht die feine Art war. Anders dagegen die Menschen aus Chemnitz, in Landessprache Gemmnitzs oder Gemmtzzz, die das Sächsische mit dem Erzgebirgischen verbanden und sich offen zu ihren sprachlichen Wurzeln bekannten. Berühmt für ihre Sprachfärbung waren sie vor allem, als sie noch in der Stadt mit den drei »O« wohnten: Korl Morx Stodt.

Wobei das »O« auch im Leipziger Dialekt eine entscheidende Rolle spielte. Aus »auch« wurde »ooch«, aus »Augen« »Oochn«, aus »Aufsicht« »Offsicht«, aus »glauben« »globn«.

Doch Achtung, es gab keine Regel, denn einige Worte blieben, wie sie waren, und die sächsische Hausfrau machte ganz hochdeutsch »sauber«, ein Zaun blieb ein Zaun und wurde kein »Zoon«, und auch das Auto blieb das Audo, wenn auch mit »d«.

Die Konsonanten waren eine separate Lektion. Es gab P und B, T und D sowie K und G und V und W.

Es wurde kolportiert, dass die Verwechslung von B und P durchaus schwerwiegende Konsequenzen haben konnte. Bei einer telefonischen Flugbuchung verlangte eine Kundin ein Flugticket nach »Bordo«. Da der Mitarbeiter der Airline glaubte, das Sächsische zu antizipieren, buchte er für die Frau einen Flug nach Porto. Falsch. Denn jeder Sachse hätte sofort gehört, dass die Frau nicht nach Porto, sondern nach Bordeaux wollte. Bei Porto wäre der Anfangsbuchstabe als deutliches »P« gesprochen wurden, verbunden mit einem Ausatmer. Der Sachse neigte zur Verschleierung seiner Herkunft und sagte in vorauseilendem Gehorsam »Tange« statt »Danke«. Und bei der Großmutter war Vicky Leandros nicht Wicky Leandros, sondern Ficky mit einem doppelten »F«. Man wollte sich ja nichts nachsagen lassen.

Entscheidend war die Stellung des Unterkiefers. Wollte man Sächsisch sprechen, dann hieß es zuerst: Unterkiefer nach vorn! Mundwinkel nach unten! Und die Lippen breit ziehen!

Isabella begann mit den Zahlen:

»Ausgangsstellung! Und: Eens, zwee, drei, vieor, fümpf!« Die »Fümpf« brachte es zutage. Die hohe Kunst des Sächsischsprechens war »das M«, das sowohl »N« als auch »W« ersetzen konnte. Der Satz »Gehen wir!« wurde zu: »Geh mor«. Sächsisch machte die Sprache durch das Weglassen von Buchstaben

schneller und glich damit den Rückstand, der durch das »Ge-
määre« entstand, aus. Aber zurück zur Fümpf.

Die Zahl fünfundfünfzig war für den Sachsen eine Herausforderung, die variantenreich zum Beispiel als fümpfmfünfsigk
ausgesprochen wurde.

Karl war ein gelehriger Schüler, doch nach zwei Stunden
war er erschöpft und sagte: »Mir tut der Kiefer weh!«

»Hab dich nicht so, hier sprechen alle Sächsisch und haben
nie Schmerzen.«

»Was macht ihr denn hier für Sprachübungen?« Ohne dass
sie es bemerkt hatten, war Gaby an ihren Tisch getreten.

»Frau Grause lernd mer Säggssch«, sagte Karl.

»Und wozu?« fragte Gaby.

»Isch bin irr Egs-Mann.«

»Habt ihr was eingeworfen?«, fragte Gaby.

»Wirr sin immor so. Hammer noch eene Rolle für Kaby?«

»Na ja«, sagte Isabella, »wir könnten Frau Schubert neu besetzen? Könntest du dir vorstellen, eine ehemalige Traktoristin
zu sein?«

»Aber immer«, sagte Gaby. »Meine Schwester wohnt auf
dem Land.«

»Wie alt bist du?«

»Fast fünfundfünfzig«, sagte Gaby.

»Fümpfmfünfsigk«, sagte Karl.

»Das passt«, sagte Isabella. »Allerdings, wie eine Traktoristin siehst du nicht aus.«

»Warte ab«, sagte Gaby.

Es blieben noch drei Tage, um die Biografien auswendig zu lernen. Für Gaby, die aus Thüringen stammte, war es weniger ein Problem als für Karl, dem Isabella Details über das DDR-Leben beibringen musste.

Karl besaß einige Fotos aus seiner Kindheit. Eine glückliche Familie im Kleingarten, selbst die karierte Tischdecke war vorhanden, auf der allerdings Pepsi-Cola-Flaschen standen. Glücklicherweise hatte es auch in der DDR Pepsi-Cola gegeben, hergestellt in einer Brauerei in Rostock. Ein Kleingarten war unverfänglich und quasi schon vor dem Mauerfall »gesamtdeutsch«. Schwieriger war es mit den Farbfotos. DDR-Fotos in ORWO-Color wirkten oft bereits nach der Entwicklung grünstichig und verblassten mit der Zeit. Farbfilme und das Entwickeln der Fotos waren ausgesprochen teuer, und jedes Motiv wurde wohlüberlegt ausgewählt. Brachte man den Film zum Entwickeln, dann musste man eine Postkarte ausfüllen, die man zugeschickt bekam, wenn die Bilder fertig waren, was mehrere Wochen dauern konnte. Hatte man sie dann endlich in der Hand, war man enttäuscht, über die schlechte Qualität. Karls Fotos hatten auch noch nach Jahrzehnten kräftige Farben. Sie bearbeiteten sie im Computer, damit sie an Kontrast verloren, und druckten sie neu aus.

Als Drehort hatten sie die Theaterkneipe gewählt, weil das am unverfänglichsten schien. Als Karl hereinkam, hätte Isabella ihn fast nicht erkannt. Er hatte seine halb langen, gewellten Haare geopfert und nur einen drei Millimeter Flaum auf dem Kopf. Dazu trug er einen Dreitagebart und eine Brille mit dicken Gläsern, durch die er allerdings schlecht sah. Er nannte sich Karl Ludwig und hatte als Nachnamen Schulze gewählt, weil ihm das am unverfänglichsten erschien und die Trefferquote im Internet so hoch war, dass ihn niemand einer Person zuordnen konnte. Es musste an alles gedacht werden.

Er stellte sich vor und zog sich dann in eine Ecke zurück, um seine Gitarre zu stimmen, denn selbstverständlich würde er das »Trabant-Lied« spielen. Durch seine Schauspielausbildung konnte er leidlich singen, es fehlte zwar etwas Übung, aber für ein, zwei Strophen würde sein Talent ausreichen, und das schlechte Gitarrenspiel war eine Folge seines Unfalls als Häftling.

Isabella hatte Karl Ludwig Schulzes Biografie als die eines aufstrebenden Künstlers avisiert, der, bevor er seine Karriere überhaupt beginnen konnte, zum Opfer der DDR-Diktatur wurde. Sie hatten Herrn Krauses Alter an das von Matthias Weber angepasst und Karl älter gemacht, als er war, damit der Haftgrund »Wehrdienstverweigerung« plausibel blieb.

Isabella setzte sich so, dass Karl sie sehen konnte, um ihm, wenn nötig, ein Zeichen zu geben. Sie war aufgeregt und hoffte, dass alles gut ging.

Karl dagegen wirkte sehr ruhig. Im moderaten Sächsisch erzählte er von seinem Musikstudium und dem Traum, ein großer Künstler zu werden. Gemeinsam mit einem Kommilitonen hätte er Lieder geschrieben, zum Beispiel auch das folgende Lied. Und er sang die ersten beiden Strophen des »Trabant-Liedes«. Der Fuchs hörte andächtig zu und fragte dann: »Wie war das eigentlich, wenn man dann die Zuteilung für einen Trabant bekam, hat man sich die Ausstattung in einem Katalog ausgesucht?«

Karl stutzte. Er kannte nur die Geschichte von einem gebrauchten Trabant, der auf dem Schwarzmarkt gekauft worden war. Von Neuwagen war in den Gesprächen mit Isabella nie die Rede gewesen. Er versuchte, durch seine dicken Brillengläser Isabella zu erkennen. Sie schüttelte den Kopf, merkte aber an seinem Zögern, dass er sie nicht erkannte.

»Haben Sie die Frage nicht verstanden?«, fragte der Fuchs.

»Selbstverständlich«, sagte Karl. »Ich konnte auswählen, ob ich Ledersitze wollte, Klimaanlage und Dachgepäckträger.«

»Sie Schelm«, sagte der Fuchs.

Und auch Karl lachte. Locker erzählte er von seiner jungen Frau, die er Mandy nannte, was Isabella etwas zusammenzucken ließ, von den gemeinsamen Auftritten und von seiner entzogenen Spielerlaubnis.

Solange er Herr Krause war, sprach Karl mit sächsischer Einfärbung, aber nun, bei dem Wechsel zur Biografie von Matthias Weber, wurde er schlagartig ernsthaft und verfiel ins Hochdeutsche. Isabella versuchte, ihm ein Zeichen zu geben, aber vergebens. Doch es schien niemand außer ihr zu bemerken. Alle hörten aufmerksam zu. Karl sprach stockend, als hole er die Beschreibungen aus der Tiefe seiner Erinnerung. Isabella wusste, dass ihn das Schicksal von Matthias Weber sehr berührte.

»Genau genommen waren wir Häftlinge ein Wirtschaftsfaktor. Ohne uns wäre in bestimmten Betrieben die Produktion zum Erliegen gekommen. Ständig sollte das Produktionsergebnis erhöht werden. Das ging zu Lasten der Sicherheit. Und nicht nur wir Häftlinge waren davon betroffen. Jährlich gab es mindestens zwei Tote im Werk und zahlreiche Schwerverletzte. Wissen Sie, wie es riecht, wenn jemand mit glühendem Eisen in Berührung kommt?«

Isabella sah, wie der Fuchs bleich wurde.

»Alles war gefährlich, selbst das Entladen von Eisenerz«, sagte Karl. »Die Züge kamen vom Rostocker Hafen bis zu uns. Im Winter froren die Erzbrocken auf der Fahrt zusammen, und wir mussten sie teilweise per Hand entladen. Da konnte schon mal was verrutschen.«

»Ist das bei Ihnen passiert?«, fragte der Fuchs.

»Nein«, sagte Karl. »Mich hat ein Kranfahrer versucht umzubringen. Wir waren für die nur Dreck, Abschaum. Ich musste Material anhängen, und irgendetwas hat ihm nicht gepasst. Und da hat er die Last auf halbe Höhe runtergelassen und ist auf mich zugefahren, links und rechts lag Eisen zum Abkühlen. Ich habe mich dazwischen auf den Boden geworfen und aus Reflex die Hände über den Kopf gehalten, obwohl ich einen Helm aufhatte.«

Er sah auf seine Hände. »Die haben mich zwar wieder zusammengeflickt, aber das reicht nur noch zum Schrammeln auf der Gitarre.«

»Sind Sie entschädigt worden?«, fragte der Fuchs.

»Ja, aber was nutzt mir eine Opferrente? Mein Leben als Künstler war zerstört, und meine Frau hat sich noch während meiner Haft von mir getrennt.«

Alle schwiegen betreten, auch der Fuchs.

Nachdem Karl sich verabschiedet hatte, sagte der Fuchs: »Na endlich mal ein vernünftiger Gesprächspartner.«

Isabella atmete auf, auch wenn ihr etwas unwohl war. Schon nahte der nächste Termin. Sie waren im Haus von Gabys Tante verabredet, das in einer ländlichen Gegend lag. Auch Gaby hatte sich vollständig verwandelt. Ihre rötlich schimmernden Haare waren zu kleinen Locken gedreht, was äußerst unvorteilhaft wirkte. Sie trug ein T-Shirt, auf das mit Glitzersteinen ein Schmetterling gestickt war, und darüber eine Jeansjacke, dazu eine pinkfarbene Hose und gelbe Gummi-Clogs. Ihr Auftreten erinnerte Isabella an jemanden, und es dauerte eine Weile, bis es ihr einfiel: Es war Zonen-Gaby vom Titelbild der »Titanic«. Es fehlte nur die halb geschälte grüne Gurke in der Hand.

»Hallöchen! Immer rinn in de gute Stube, wir baden gerade!«, rief Zonen-Gaby.

Auf dem Wohnzimmertisch lagen das Brigadetagebuch, ein Parteiabzeichen und verschiedene Orden. »Was man alles so in seinen Schubkästen findet«, sagte Gaby leise zu Isabella und rief in Richtung Fuchs: »Was wollnse denn nun wissen, guter Mann?«

»Alles«, sagte der Fuchs. »Wie das so war als Frau in der Landwirtschaft.«

»Tja«, sagte Gaby und deutete auf das Brigadetagebuch. »Am besten ich lese Ihnen das mal vor!«, und erfreute alle Anwesenden mit dem Walter-Ulbricht-Zitat über die Friseusen.

»Wolln Sie noch mehr hören?«

Der Fuchs nickte. Und Gaby las das nächste Zitat mit betont gelangweilten Stimme vor.

»Erst die schöpferische, gesellschaftlich nützliche Arbeit in

einer von Ausbeutung freien Gesellschaft, die damit einherge-
hende soziale und ökonomische Unabhängigkeit, die Verbindung einer sinnvollen beruflichen Tätigkeit mit der Mutter-
schaft geben Frauen die Möglichkeit, dem Mann als wahrhaft
Freie und Gleiche gegenüberzutreten, zur ›Herrin der Geschichte‹ zu werden, wie August Bebel es vorausgesehen hatte.«
Zonen-Gaby schlug das Brigadetagbuch zu. »Was will man als
Frau mehr? Doch das war die Theorie!«

»Und die Praxis?«

»Sah anders aus!«

»Haben Sie sich gleichberechtigt gefühlt?«

»Gleichberechtigt? Ich war berechtigt, den Haushalt zu führen, die Kinder zu erziehen und arbeiten zu gehen.«

»Und Ihr Mann?«

»Der hat den Trabant gewaschen, die Zeugnisse der Kinder
unterschrieben und die Konsummarken eingeklebt.«

»Und wie sah Ihr Tagesablauf aus?«

»Na, fünf Uhr aufstehen, die Kinder in Krippe und Kindergarten abgeben und dann schnell zur Arbeit düsen. Nach der
Schicht Kinder abholen, einkaufen gehen und Wäsche waschen oder was sonst noch anlag, Abendbrot machen, Kinder
ins Bett bringen und dann vor dem Fernseher einschlafen.«

»Hat Ihnen Ihr Mann geholfen? Ich meine bei der Haus-
arbeit?«

»Wenn mein Mann einmal im Jahr die Wäsche aufgehängt
hat, kam meine Nachbarin und hat gesagt: ›Sie haben aber einen fleißigen Mann.‹ Wenn ich tapeziert habe, dann hat niemand zu meinem Mann gesagt: ›Sie haben aber eine fleißige

Frau‹, sondern: ›Passen Sie schön auf, dass sie alles richtig macht!‹ So war das!«

Zonen-Gaby kicherte. »Nur zum Frauentag war alles anders: Da deckte mein Mann den Frühstückstisch, und die Chefs hielten uns die Türen auf. Und als Dank haben wir sie dann am Abend unter den Tisch getrunken. Unsere LPG hieß ›Volles Korn‹, und wir nannten unsere Frauenbrigade ›Doppelkorn‹, wenn Sie verstehen, was ich meine.«

Der Fuchs zuckte. Wahrscheinlich fürchtete er, dass gleich die Kreller Melitta erscheinen würde.

»Dann gab's auch immer Orden.« Sie zeigte auf den Tisch und zitierte: ›Ich bin Traktoristin der Maschinenausleihstation und werd Aktivistin bald sein …‹. Dann wurden wir von den Männern geherzt und geküsst. Wahrscheinlich haben sie nur deshalb diese Orden erfunden.« Zonen-Gaby lachte. »Aber Gleichberechtigung hin oder her: Eigentlich war es doch so: Wir haben bestimmt, und der Mann führte aus. Wir haben vorgegeben, was einzukaufen war, was die Kinder am Morgen anzogen, in welcher Farbe die Wände gestrichen wurden, wohin die Urlaubsreise ging. Wir waren die ›Schaltzentrale‹. Wir haben nur nicht darüber nachgedacht.« Sie überlegte eine Weile und sagte dann: »Ich habe nie darunter gelitten, eine Frau zu sein, noch habe ich es als besondere Auszeichnung empfunden.«

15

Die Filmpremiere vor der Fernsehausstrahlung oder, wie es hieß, der »Preview« fand im Theatersaal der ehemaligen »Fettbemme« statt. Auch wenn sich Isabella ein wenig ärgerte, dass sie ihre »Nische« preisgab, war es doch eine lukrative Einnahmequelle für die Betreiber. Das »Buffet West« lieferte das Essen. Es gab »Eier in Senfsoße«, »Makkaroni mit Wurstgulasch« und »Jägerschnitzel mit Kartoffeln und Mischgemüse«, was hier immer noch eine panierte Jagdwurstscheibe bedeutete. Das Jägerschnitzel war ein Beispiel für die vielen Missverständnisse, die noch existierten, denn als Isabella sich in Bayern zum ersten Mal ein Jägerschnitzel bestellt hatte, war sie entsetzt gewesen, als ihr ein Schnitzel mit Pilzsoße serviert wurde, und bis heute existierte eine imaginäre Jägerschnitzelgrenze. Viele Gäste, die wahrscheinlich Lachs-Carpaccio oder Perlhuhn erwartet hatten, guckten auf das Essen, als wäre es Kosmonauten-Kost.

Im Foyer war eine Ausstellung mit Dingen aus dem DDR-Laden aufgebaut. Die ausschließlich geladenen Gäste bekamen jeder einen »Präsentkorb« mit vermeintlichen Delikatessen aus der DDR überreicht. Keiner von ihnen kam von »hier« und wusste, dass die »Schlagersüßtafel« aus »kakaoähnlichen Bestandteilen« schon längst nicht mehr so schmeckte, wie sie früher geschmeckt hatte, so schlechte Zutaten waren einfach nicht mehr zu bekommen.

Zwei junge Frauen in Dederon-Schürzen verteilten die Körbe an die Gäste. Obenauf lag ein Kochbuch, das Isabella sofort an dem braunen Einband erkannte: »Wir kochen gut – Mehr als 1000 erprobte Rezepte für den Haushalt – zusammengestellt unter Berücksichtigung der modernen Ernährungslehre«. Die Ratschläge reichten von Hinweisen über das Benehmen bei Tisch bis hin zu den nur vier Seiten langen »Gerichten aus aller Welt«, bei denen überraschend eine Parität zwischen der östlichen und westlichen Welt herrschte.

Früher hatte Isabella dieses Kochbuch wegen seiner schäbigen Ausstattung verachtet. Aber es war merkwürdig, wenn sie zum Beispiel das Grundrezept für Hefeteig brauchte, nahm sie es zur Hand, weil die Zubereitung in wenigen Zeilen beschrieben war. Zwar war das Papier schlecht, es fehlten die Fotos oder Zeichnungen, aber die Trefferquote für gutes Gelingen war hoch und wurde dem Titel »Wir kochen gut« gerecht.

Seit einiger Zeit erlebten einige Gerichte und Zubereitungsarten, die kurz nach dem Mauerfall von vielen für immer verschmäht wurden, eine Renaissance. Ein Beispiel waren die Rohkostsalate. Weißkraut, Rotkraut und Rote Beete hatte es zu jeder Jahreszeit in den Obst- und Gemüseläden gegeben, im Gegensatz zu Tomaten und grünen Gurken. Einmal abgesehen vom Mangel war die DDR Küche von den Jahreszeiten geprägt. Im Frühsommer gab es Spargel und Erdbeeren, im Juli Johannisbeeren, Stachelbeeren und die ersten Kornäpfel. Der Winter war Rosenkohl und Schwarzwurzeln vorbehalten.

Im Nachhinein erschien das viel klüger als der vorherrschende Überfluss, wenn alles denn ausreichend vorhanden gewesen wäre.

Auch daran hatten sie sich erst gewöhnen müssen, dass alles immer verfügbar und eine Vorratshaltung unnötig war. Man kaufte in der neuen Welt nicht wie gewohnt, wenn es etwas gab, sondern wenn man etwas brauchte. Auch mussten sich beide Seiten, sowohl Kunden als auch Verkäufer, an die neuen Bedingungen gewöhnen. Als Isabella kurz nach der Währungsunion in Anbetracht der hohen Preise drei Äpfel verlangte, hatte die Verkäuferin, die gerade Besitzerin der ehemaligen Gemüse HO geworden war, geantwortet: »Früher haben Sie doch auch immer ein Kilo gewollt!«, und wütend die drei Äpfel auf die Waage geknallt.

»Da staunen Sie, Frau Krause«, sagte der Fuchs, der plötzlich neben Isabella stand und auf die Präsentkörbe zeigte.

»Klar, da können sich alle so richtig am Osten berauschen«, sagte Isabella.

»Und erst die schönen Schürzen!«, schwärmte der Fuchs.

»Wussten Sie, dass der Name Dederon aus den Buchstaben der DDR entstanden ist: DeDeRon?«

»Jetzt flunkern Sie aber.«

»Nee, das schdimmd«, sagte Karl, der als Protagonist eingeladen war und sofort in seine Ludwig-Krause-Rolle fiel.

»Und«, sagte Isabella, »wenn Sie glauben, dass ›Nylon‹, wie immer wieder behauptet wird, aus den Anfangsbuchstaben von New York und London zusammengesetzt ist, das bleibt Wunschdenken. Es ist wirklich nur eine chemische Abkürzung.«

Während der Filmvorführung saß Isabella neben Karl. Wieder fiel ihr der Stammbuchbilderbogen ein. Das Christelchen, die Kreller Melitta, Tante Ulla. Jede Person stand für eine Geschichte und war doch Teil des Ganzen. Hätte man ein Bild herausgelöst, wäre ein Loch entstanden. Als Karl zu sehen war und seine Geschichte als Karl Ludwig Schulze erzählte, flüsterte er Isabella zu: »Warum haben wir uns eigentlich scheiden lassen?«

Zusätzlich hatte der Fuchs noch ein Ehepaar aus München befragt, die erzählten, wie schön sie die DDR gefunden hatten. Alles wäre frei von Überfluss gewesen, der Mangel hätte viele Dinge zu etwas Besonderem gemacht und den Gedanken befördert, das Wenige miteinander zu teilen. In diesem Sinne hatten die Eltern ihre Kinder erzogen. Sie sollten nicht dem monopolkapitalistischen Wirtschaftssystem verfallen. Karl Eduard von Schnitzler hätte es nicht besser sagen können.

Das Ehepaar aus München lobte die Polikliniken, die kostenlose Kinderbetreuung, die niedrigen Fahrpreise, den festen Steuersatz, die Betriebsferienlager und hörte gar nicht auf zu schwärmen. Am liebsten hätte Isabella ihnen zugerufen: »Und warum seid ihr dann nicht in die DDR gezogen?«

Und siehe da, sie hatten es tatsächlich erwogen und waren probeweise in ihren Sommerurlauben in die DDR gefahren. Während andere Familien Reisen in die südlichen Länder planten, buchten sie im Reisebüro Fahrten nach Dresden, in den Spreewald oder an die Ostsee, damit ihre Kinder die andere Lebensform kennenlernen konnten. Als Beweis zeigten sie Urlaubsfotos mit ihren beiden Söhnen. Beide sahen nicht aus, als wäre es ihr Wunsch gewesen, Urlaub in der Sächsischen Schweiz zu machen. Einer der Jungen hatte rote Haare und blickte besonders mürrisch drein. Das Gesicht kam Isabella bekannt vor, aber sie konnte es nicht zuordnen.

Nach dem Film gab es einen langen Beifall, und Karl sagte: »Das war doch gar nicht so schlecht!«

Als das Licht anging, stand der Fuchs auf und bedankte sich noch einmal bei seinem Team und sagte tatsächlich: »Und besonders bedanke ich mich bei Frau Krause!«

Und plötzlich wusste Isabella, wer der Junge auf dem Foto gewesen war: der Fuchs.

Er hatte aus erzieherischen Gründen in seinen Schulferien in die DDR fahren müssen. Ihm war die DDR als Schlaraffenland gepriesen worden, und wahrscheinlich hatte er in der ständigen Angst gelebt, dass seine Eltern ihre Vorsätze umsetzen und in die DDR ziehen könnten. Isabella war nie auf die Idee gekommen, dass die Verblendung auch andersherum funktioniert haben könnte.

Alles war anders. Der Fuchs als Kenner der DDR. Dem von seinen Eltern in langen Predigten die Vorteile des Sozialismus gepriesen worden waren. Er hatte als Kind kaum Spielzeug besessen und in der DDR gekaufte T-Shirts, die »Nicki« hießen, tragen müssen, weil ihn seine Eltern vor dem Wettbewerb um Markenartikel schützen wollten.

Nach der Vorstellung wirkten alle gelöst und standen im Foyer, kramten in ihren Präsentkörben, tranken den servierten Nordhäuser Doppelkorn oder Rotkäppchen-Sekt, der schon lange kein einheimisches Getränk mehr war, weil die Kelterei von einem großen Markenimperium aufgekauft worden war. Der Fuchs schien erleichtert, vielleicht auch, weil die Kreller Melitta nicht erschienen war und ihn zum Trinken zwang. Nach und nach verabschiedeten sich die Gäste, und auch der Fuchs, der plötzlich merkwürdig heiter war und Isabella »viel Glück in ihrem weiteren Leben wünschte« und dabei Karl zuzwinkerte. Und Isabella sagte zu Karl: »Das war der schwerste Job meines Lebens.«

»Was soll ich erst sagen!« Karl war froh, dass er endlich seine Brille absetzen konnte.

»Wie konnte es nur passieren, dass wir uns so getäuscht haben?«, fragte Isabella.

»Ganz einfach, wir haben unsere Geschichte nicht aufgearbeitet.«

»Aber wir waren die Sieger der Geschichte!«, sagte Isabella.

»Ihr habt euch dahinter versteckt!«, sagte Karl.

»Und ihr habt alles unter den Teppich gekehrt!«

»Wir hatten eben unterschiedliche Siegerstrategien.«

»Und jetzt stehen wir auf unseren Schmutzbergen! Prost!«, sagte Isabella und hob ihr Glas.

»Na, dann stehen wir doch auf Augenhöhe«, sagte Karl. »Auf die Wiedervereinigung!«

»Es war keine Wiedervereinigung, es war ein Beitritt.«

»Stimmt! Ein Grund mehr, um auf die Wiedervereinigung zu trinken.«

© Verlag Antje Kunstmann GmbH, München 2019
Umschlaggestaltung: lowlypaper – Marion Blomeyer
Coverfoto: plain picture
Typografie + Satz: frese-werkstatt.de
Druck und Bindung: Pustet, Regensburg
ISBN 978-3-95614-316-8